新 개미와 베짱이

신 개미와 베짱이

발 행 | 2021년 01월 19일
저 자 | 조희전
펴낸이 | 한건희
펴낸곳 | 주식회사 부크크
출판사등록 | 2014.07.15.(제2014-16호)
주 소 | 서울특별시 금천구 가산디지털1로 119 SK트윈타워 A동 305호
전 화 | 1670-8316
이메일 | info@bookk.co.kr

ISBN | 979-11-372-3360-7

www.bookk.co.kr
ⓒ 조희전 2021

新 개미와 베짱이

조희전 지음

목차

1.동창회 날

동창회에 초대합니다.

스미스는 어느날 오후 집 우편함에서 동창회에 초대한다는 편지를 받았다. 비정규직 신세인 스미스는 동창회에 참가하기가 싫었다. 하지만 한편 어렸을 때의 친구들을 다시 보고 싶다는 생각이 들었다. "뭐 어때 어릴때 친구들인데." 스미스는 용기내어 동창회에 참석하기로 했다.

어느 일요일 저녁 일곱시쯤 시작된 동창회에는 사람들이 모여있었다. 대략 10~20여명의 사람들이 드문드문 무리를 지어 앉아 있었다. 호텔의 연회장에서 열린 이 동문회는 한 시골의 초등학교의 동창들이 모인 것이었다. 몇십년 만에 모인 사람들의 얼굴에는 설렘과 기대감이 공존하고 있었다.몇십년만에 만난 얼굴들은 저마다 어린시절과는 달라져 있었다. 하지만 기억을 뒤로 돌리면 언 듯 언 듯 드는 생각 속에 과거 어린 시절의 사람들의 얼굴이 떠오르는 것이다. 호텔에는 뷔페 음식이 차려져 있었다. 사람들은 종종걸음으로 뷔페음식을 덜어먹으려고 이동하였다.그 자리에서 스미스는 어릴때 친구였던 영주를 만났다. 영주는 어린 시절의 모습그대로였다. 초등학교때 짝사랑하던 영주를 만난 스미스는 떨리는 마음으로 영주에게 말을 걸었다. "오랜만이야" "누구세요." "나야 스미스야 너였구나. 많이 변했네." "넌 어릴 때 그대로이다." 영주는 아직 결혼하지 않았다고 한다. 여전히 솔로 신세인 스미스는 왠지 가슴이 두근 거렸다. 영주는 어릴 때 모습 그대로이다. 나이는 먹었지만 여자가 된 영주는 어릴때부터 예뻤지만 지금이 훨씬 예뻐 보인다. 성숙미와 화장을 하고 꾸몄기 때문일 것이다. 영주는 작은 회사에 다니고 있다고 한다. 스미스는 왠지 자신과 신세가 비슷한 것 같아 정감이 갔다. 사실 이 호텔의 비용은 사회적으로 가장 성공한 잭이 지불한 것이었다. 사회에서 가장 성공한 잭은 오늘 비용을 지급한 것과 더불어 오늘 동창회의 회장이 되었다. 잭은 모교에 장학금까지 기부하였다고 하였다. 잭은 사업가로 연매출이 100억이 넘는 중소 기업을 일구어 왔다. 그의 사업은 오르락 내리락 롤러코스터를 탔지만 지금은 안정되어 크게 성장하고 있는 중이었다. 그 역시 사업을 쉽게 한 것은 아니었다. 서너번의 파산과 수 억원의 빚을 이겨내고 일구어낸 성공이었다. 그의 회사는 이제 대기업으로 성장해 나아가고 있는 중이다.이대로라면 주식에도 상장을 노려볼수 있었다. 패션 디자이너인 최는 잭이 입은 옷이 명품인 것을 한 눈에 알아보았다. 단연 사람들의 집중은 잭에게 모였다. 그가 어떻게 성공했는지 어떻게 실패해 대처했는지에 관해 사람들은 궁금해 했다. 헛기침만 하던 잭은 이윽고 자신이 꼭 해야할 일인 건 마냥 이야기를 꺼내 들기 시작했다. 아직도 비정규직 신세인 스미스는 잭의 성공스토리를 꼭 듣고 싶었다.

2.개미와 베짱이 속으로

"너희들 기억하고 있니? 초등학교때 배운 개미와 배짱이 이야기말이야."
잭이 말했다.
"응 나도 알고 있지."
스미스가 대답했다. 여기저기서 나도 알고 있다는 소리가 터져 나왔다.
"나 역시 잘 알고 있어. 열심히 일한 개미는 겨울을 잘 보냈고 여름내 논 베짱이는 추위에 얼어 죽었다는 이야기야. 혹은 개미를 찾아가 구걸했다는 이야기도 있지."
우리 한번 옛적에 읽어던 이야기를 살펴볼까?

내딸에게 들려주었던 이야기는 다음과 같아.

 햇빛이 내려쬐는 여름날 개미는 열심히 먹이를 날랐어요. 하지만 베짱이는 여름내내 노래만 불렀지요. 그리고 어느새 여름이 지나가고 겨울이 왔어요. 먹을 것을 저장한 개미는 따뜻하게 겨울을 보냈지만 베짱이는 추위에 피할곳이 없었어요. 먹을 것도 없었지요. 그래서 베짱이는 개미를 찾아 갔어요. 개미는 먹이를 나누어 주었고, 베짱이는 여름내내 논 자신을 후회했답니다.

"그런데 갑자기 그 이야기는 왜야."
"난 이 이야기를 뒤집고 싶어. 실상은 그렇지 않거든"
"이 이야기는 사람들로 하여금 노동을 해야 하게끔 만드는 이데올러기를 주입하고 있어. 열심히 일하지 않으면 후회할것이라는 강박관념을 심어 주지. 하지만 부자들은 달라 그들은 일을 즐기고 일을 놀이처럼 여기는 것이 그들의 특징이지."
"너희가 학교에서 사회로 나왔을 때 느낀 막막함은 아마 그것과도 비슷해"
"현실은 학교와는 달라. 학교에서의 성공스토리가 사회의 실패스토리가 되고 사회의 실패스토리가 학교의 성공스토리가 되곤하지."
"많은 사람들이 일개미처럼 살아가. 매일 매일 부지런히 일하고, 조금씩이라도 저금을 해나가지 그리고 모아둔 돈으로 겨울을 즉 노년기를 보내. 그게 안정되고 일반적인 삶의 모습이라는 것이 지금의 개미들의 모습이야."

"하지만 현대의 베짱이는 달라. 현대의 베짱이는 오직 자신의 재능에 모든 것을 건 사람의 모습이야. 자신의 재능에 모든 것을 걸었기에 먹을것이나 임금, 월급 따위에는 관심이 없지. 며칠 굶어도 좋다는 거야. '굶어도 자신이 뜻하는 것을 추구하겠다'. 자신의 분야에서 최고에 오르겠다고 독한 마음을 먹은 자가 바로 베짱이야. 쑥스럽게도 이 베짱이가 사실 나의 모습이야."

"나역시 사업초기 쉽지 않았어. 사실 우리집은 전형적인 공무원 가족이거든.사업에 대해 배울수 있는 곳은 아무데도 없었어. 나는 온몸으로 부딪혀 가면서 사업에 대해 배워야 했지. 그러던중 실패도 많이 했어. 빚을 진 신세로 쫓겨 나기도 했지. 그럴때면 다리나 높은 건물에서 뛰어내리고 싶은 충동도 많았어. 하지만 난 내 자신이 베짱이라고 여겼어. 슈퍼스타 k에서 우승한 허각을 알고 있니? 엄청난 경쟁률을 뚫고 1등이 되어 스타가 되었지. 그확률은 수능 공부한 것에 비할바 없을정도의 엄청난 경쟁률이야. 하지만 베짱이는 단호하게 그런 길을 가

고급 차, 귀족같은집, 여왕같은 옷과 장신구 가방을 원한다면 절대로 개미의 길을 가서는 안돼. 개미의 길을 가서는 절대로 그런 것을 얻을수 없어. 미디어를 통해 대리만족을 해가면서 살아가는 것이 전부이지. 하지만 베짱이의 삶을 살게 되면 그런 성공 스토

리가 나에게 찾아오게돼. 여름내 노래연습을 한 베짱이가 슈퍼스타가 되어 콘서트를 열어 엄청난 돈을 벌어 부유하게 살 듯이, 젊은날 자신이 추구하는 영역에서 최고가 되겠다고 다짐하고 그길을 뚫기위해 안간힘을 쓴, 안간힘이라고 표현할수 없는 더 집중적이고 맹렬하고 자신의 모든 것을 건 노력을 통해 그 사람은 진정한 사회의 성공자로 거듭나게 되는 거지."
"우리 잠깐 개미 이야기를 들어볼까?"

개미는 처음 직장을 시작할 때를 잊지 못한다. 여왕개미를 필두로 개미왕국에 들어갔을 때 그가 맡은 역할은 먹이 탐사대였다. 예민한 후각을 가진 개미였기에 어디에 먹을 것이 있는지 금방 알수 있었다. 먹이를 발견하면 먹이가 있는 장소를 일개미들에게 알려주는 것이 그의 역할이었다. 일은 고되고 힘들었지만 나날이 발전해 나간다는 사실에 기쁨을 느끼며 개미는 일에 몰두 했다. 개미는 일을 성실히 임해 승진을 거듭했고 고액 연봉을 받기에 이르렀다. 개미는 개미왕국에 들어간후 상사를 만났다. 상사는 이렇게 말했다. "너가 일하는 시간보다 더 많은 일을 해야 되 . 그래야 성공할수 있어. 모든 성공인은 자신에게 주어진 일보다 더 하는 습관이 있거든. 이는 단지 사람을 부려먹으려는 사장의 농간이 아니야. 자신이 주어진 일보다 더하는 습관을 가지고 나면 성공의 문이 조금씩 열리기 시작할거야.또한 자신의 일에 열정을 가져야 해. 하는일에 열정이 없다면 당장 그만두고 다른 일을 찾는게 좋을거야. 백만장자들은 자신의 일을 사랑하고 열정을 다바쳐서 일하거든. 그러니까 그들은 일주일에 7일을 일해도 지치지도 않게 계속 일에만 몰두 할수 있는거지.“

“개미의 시작은 좋아. 젊은 나이에 직업을 가졌으니까. 그리고 월급을 받아가면서 생활하게 되지. 그 월급은 꽤 많을수도 있어. 그에 비해 베짱이를 보면 너무 철이 없어 보이는 거야. 돈도 아무것도 벌지도 않고 노래 연습만 하고 있는데 그 앞 꼴이 한심에서 쳐다볼 수도 없는 거야.”“개미는 말하지. 배짱아 너는 뭐 하고 있니. 너는 왜 직장을 갖지 않는거니? 그래서 네 미래는 어떻게 되겠니.? 왜 너는 성실하게 일하고 있지 않니? 왜 노년을 준비하지 않는거야?
개미는 베짱이를 사회패배자, 루저로 보았어. 그도 그렇듯이 열심히 일하고 있는 자신에 대한 자부심이 높았거든, 하지만 베짱이는 자신의 길에 대한 믿음이 있었어. “난 루저가 아니야 세상에 살아가면서 사람이 먹을 것을 먹기위해 안간힘을 쓰다 죽는 존재가 아니란 것을 한번쯤 보여주기 위해 나는 매일 노래연습을 하는거야. 언젠가는 나의 노래에 온 천하가 귀를 기울일 날이 올거야. 그런 날이 오면 나는 평소와 같이 자유롭게 노래를 부르면서 여기저기를 돌아다닐 거야."

개미는 이런 베짱이를 이해하지 못했고 베짱이 역시 개미를 이해하지 못했다. 하지만 시간이 지나고 그들의 삶은 하늘과 땅사이만큼이나 갈라지게 된다.

어느 여름날 베짱이는 시원한 그늘에 앉아 노래를 불렀다. 주위 에는 여러 곤충들과 동물들이 모여들어 그 노래를 들었다. 사실 베짱이의 실력은 그리 좋지 않았다. 그럼에도 열정적으로 노래를 부르는 모습에 곤충들과 동물들이 모여 든 것이었다. 한편 개미는 더운 여름날임에도 휴가도 가지 않고 일하고 있었다. 그는 더운 여름날에 일을 해야 겨울철을 대비할 것이라는 믿음이 있었다. 개미는 베짱이를 안타깝게 생각했다. 하지만 베짱이는 오히려 개미를 안타깝게 생각했다. 그 둘의 삶은 결코 만날 수 없는 평행선과도 같았다.

3
베짱이 친구 배순이

베짱이에게는 배순이라는 친구가 있었다. 베짱이와 배순이는 어렸을때부터 맺어진 친구 사이였다. 동네

소꿉친구였던 셈이었다. 배순이는 부잣집에서 태어났다. 그리고 무난하게 좋은 교육을 받고 사회에 나와 교수가 되었다. 배순이는 음악 교수가 된 것이다. 그에 반해 베짱이는 좋지 못한 가정에서 태어났고, 돈 없고, 백없고, 집안도 안좋은 상황이었다. 더군다나 절망적이 었떤 것은 베짱이에게는 재능이 없었다는 것이었다. 재능이 있었다면 베짱이는 배순이처럼 대학 교수가 될수도 있었을 것이다.

베짱이는 결국 마음을 먹었다. 꼭 가방끈이 길다고 성공하는 것은 아니다. 교수의 길도 훌륭하지만 난 나만의 길을 가겠어. 난 직접 대중과 상대하는 대중음악에서 성공하고 싶어.

재능도 인기도 없는 베짱이었지만 당찬 각오를 가지고 있었다. 베순이는 베짱이에게 한사코 대학에 가야 한다고 주장했지만 베짱이는 그런 것을 믿지 않았다. 성공한 백만장자 중에서도 대학교육을 받지 않은 사람이 많다. 이 사실을 알았기에 베짱이는 배순이의 말을 듣지 않았다.

'제도권에 편입되어서 거기에 빌붙어 사는 짓은 하지 않겠어'. 베짱이는 스스로 다짐했다. 그보다는 현실 세계의 사람들의 마음속을 파고드는 음악을 하고 싶어. 베짱이는 스스로 다짐했다.

제도 권에 편입될려면 수그리는 것이 필요하다. 자신을 낮추고 일단 고개를 숙이고 들어가야 한다. 하지만 베짱이는 자존셈이 세서 그런행동을 하지 못했다. 학교에서도 선생님에게 반항하던 베짱이 아닌가. 배순이는 알게 모르고 그런 베짱이에게 도움을 주려고 했지만 베짱이는 한사코 도움을 받지 않았다.

"배짱아 너는 성공이 뭐라고 생각하니?" 배순이가 물었다.

"자신의 분야에서 일인자가 되는 것을 말하지.
넌 뭐라고 생각하는데?"

"자신의 분야에서 자리잡고 좋은 짝을 만나 결혼하고 아이낳고 사는 것이지."

"우리 둘의 길은 다르지 않은 것 같은데. 다만 넌 제도권에서 성공하는 것이고
나는 제도권을 벗어나 사회속에서 성공하는 것을 추구하는거야."

"너의 삶을 응원할게"

"고마워. 너역시 자신의 일을 충실히 해 더 큰 성공을 얻도록 해."

4 베짱이 친구 배정이

베짱이는 배순이 말고 한 친구를 가지고 있었는데 배정이였다. 배정이는 베짱이보다 한술 더 뜨는 존재였다. 오로지 로또만을 사며 인생을 자유롭게 지냈다. 따로 일하지 않았으며 시간나면 누워 있다가 잎사귀

를 조금 갉아먹고 다시 잠을 청했다. 이런 배정이는 부모와 사회로부터 지탄을 받았으나 정작 본인은 신경쓰지 않은 듯 했다. 배정이가 추구하는 것은 장자의 삶이었다. 세속으로부터 벗어나 자연에서 자유롭게 살자는 것이 배정이의 주장이었다. 그렇다면 배정이는 겨울을 어떻게 대비할까. 베정에게는 걱정이 없었다. 겨울이 온다면 사람들이 재배하는 비닐하우스로 들어가서 살면 된다는 것이었다. 따뜻하고 먹을 것 조차 풍부한 비닐하우스에서 겨울을 충분히 보낼 수 있기에 걱정 없다는 것이다.

베짱이는 배정이의 삶을 처음에는 한심하게 바라보았지만 시간이 지나고 보니 배정이의 삶도 충분히 훌륭한 삶이라고 생각 되었다. 꼭 세상속에서 승리하고 자신의 분신을 남겨야만 성공한 삶이라고 할수 있을까. 졸업, 승진, 취직, 결혼, 내집 마련등 일련의 과정을 거치면서 인생을 살아야 성공한 삶이라고 볼수 있을까. 이제 우리 시대에는 새로운 가치관과 새로운 비전, 그리고 새로운 길에 대한 자유가 허용되어야 하지 않을까.

배짱이는 배정이와 배순이를 만나면서 자신의 삶도 명확하게 바라보게 되었고 점차 넓은 마음을 가지게 되었다. 이래서 친구가 중요한 것이다. 베짱이는 배정이와 배순이의 삶을 바라보며 자신의 삶 역시 성공으로 만들기 위해 노력했다. 한사람의 역량의 그의 친구들을 보면 알수 있다는 말이 있다. 배짱이는 인간 관계를 소홀히 하지 않았기에 작은 기회라도 잡을수 있었던 것이다.

베짱이는 배정이에게 물었다. "넌 무엇을 원하니?"

"내가 원하는 것은 진정한 자유야. 그것은 장자와 노자가 말했던 것이지

사회속에서 승리하는 것도 좋지만 그것은 자유가 없어."

"산으로 운둔하는 것은 패배자가 아닐까."

"패배자는 아니야. 월든이 숲에서만 살아갔듯이 세속의 것들은 좋기도 하지만 좋지 않은 것들도 있거든. 이 사실을 안다면 자연속에서 살아간다고 열등감을 느낄 필요는 없어. 오히려 자연은 우리에게 모든 것을 선물해 주는 어머니 같은 존재거든."

"네 말이 맞는 것 같아.

5.목숨을 걸어라.

베짱이는 개미에게 말했다. "너는 무엇인가에 목숨을 걸어 본적이 있니? 너는 그냥 일반 직장인일 뿐이야. 직장에서 해고되면 연금이나 저금해 놓은 예금에 의존해 살아가는 노인이 되겠지. 오히려 네 인생이 희망이 없는 것이 아닐까. 난 내 노래에 목숨을 걸었어.

지금은 행인들의 동전을 받아먹으면서 살아가고 있지만 언젠가는 거대한 음악홀에서 나의 노래를 들려줄 거야. 물론 그때가 되면 너도 내 음악회에 오게 되겠지."

"그건 망상이야. 넌 노인이 되면 폐지를 줍는 노인이 될거야."개미가 반박했다. 그러자 베짱이가 말했다. "직장에서 쫓겨난 네가 갈곳이 있을까. 모아둔 돈은 떨어질 것이고 어떻게 생활비를 얻으려고 하는 거지."난 노래를 불러서 돈을 벌거야"

역사적으로 유명한 인물들을 봐. 그 사람들은 모두 자기 신념에 목숨을 걸었던 사람들이야. 소크라테스, 예수, 붓다. 나폴레옹, 안중근, 잔다르크 등 역사적 인물들은 모두 자기 신념에 목숨을 걸었기에 인류 역사의 한페이지를 장식했어. 네 삶을 성공 시키는 것은 인류 한페이지를 장식하는 것에 비해 식은죽 먹기야. 단지 자신의 일에 목숨만 걸면 되는 거야.

베짱이는 그렇게 사람이 걸어다니는 길목에 한 곳에 자리 잡아 노래를 부르기 시작했다.

"내속엔~ 내가 너무도 많아~ 당신의 쉴 곳 없네~
내속에~ 내가 어쩔수 없는 어둠~. 당신의 편할 곳 없네~"

구슬픈 베짱이의 노래 소리가 들렸고 사람들은 길을 가다 발걸음을 멈추고 그 노래를 듣기 시작했다. 아직까지는 베짱이는 거리의 악사이나 언젠가는 큰 무대에서 노래를 할거라 생각하고 수많은 사람들이 모여서 자신의 음악을 듣는 장면을 생생히 상상하면서 노래를 불렀다. 베짱이가 가요 말고 주로 부르는 노래는 마이클 잭슨의 노래였다. 팝의 황제였던 마이클 잭슨처럼 베짱이는 세계적인 스타가 되고 싶었다. 아직 춤에는 자신이 없었기에 자신의 가창력을 다듬는데 힘썼다.

일부 사람들은 노래가 끝나자 모자에 동전이나 간혹 지폐를 넣어주는 사람도 있었다. 지금은 거의 거지나 다름없이 살고 있지만 언젠가는 비상할 그날을 베짱이는 마음속으로 그리고 또 그렸다.

"이외수 역시 춘천의 거지라고 하지 않았던가. 같은 예술인으로서 베짱이는 이외수의 삶에 공감이 갔어."

"나역시 언젠가는~"

베짱이의 어머니와 아버지는 노래에 재능이 있었다. 하지만 그 재능을 꽃피우지 못하고 회사생활을 하면서 반평생을 보냈다. 베짱이도 그 사실을 알았기에 자신이야말로 재능을 꽃피워 아버지와 어머니를 기쁘게 해드려야겠다고 생각했다. 하지만 부모님은 가수의 길이 얼마나 험한지 알기에 급구 반대했다. 하지만 반대가 심할수록 베짱이는 노래를 불렀다. 꼭 성공하여 가수로 멋지게 데뷔하는 모습을 상상했다.

베짱이는 오늘도 비를 피해 잠잘곳을 찾아 잠을 잤다.베짱이는 주로 서울역에 노숙하였다. 서울역에는 직장과 가정을 잃고 노숙하는 사람들이 많았다. 그들 역시 살기 위해 몸부림쳤으나 한달 두달이 지나면서 삶을 포기하기에 이르렀다. 정처없이 생활하며 피곤하면 자고 배고프면 무료 급식소를 이용해서 밥을 빌어먹으면서 삶을 포기한채 자곤 했다. 베짱이 역시 삶을 포기하고 싶은 마음이 가득했으나 마음 한구석에 대한민국 최고 가수라는 꿈이 남아있었기에 그들과는 다르게 행동할수 있었다. 집도 없이 떠돌이 생활을 한지는 벌써 10여년이 흘렸다.베짱이는 오늘도 길 한쪽 구석에서 노래를 했지만 단속반이 떠서 자리를 피해야 했다. 잡상인중에서도 잡상인 취급을 받는게 베짱이의 삶이었다. 베짱이는 또한 때때로 설악산으로 향했다. 깊은 산속으로 들어가 발성 연습을 했다. 폭포를 앞에두고 그는 자신의 목을 가다듬었다. 가끔 목에서 피가나기는 했지만 그건 개의치 않았다. 더 좋은 발성을 위해 그는 자신의 목이 트이도록 노력을 했다.

배짱이는 백수였다. 돈이 없었기에 번번히 부모님께 신세를 지었다. 친구들을 만나도 자신이 없었기에 사람도 피했다. 현실을 좇아 몇 년간 공무원 시험을 준비하던 때도 있었다. 시험 준비생이라는 신분은 그냥 백수보다는 나은 것이었다. 하지만 애초에 원하지 않았던 공무원 시험에 열중하지 못하는 것은 당연했다. 시험은 번번히 떨어지고 이제 그는 간간이 아르바이트를 하면서 노래 연습에 몰두했다. 그는 자신이 가수라고 여겼으나 아무도 그렇게 생각해 주지 않았다. 1대 99. 그를 바라보는 시선이었다. 오직 그만이 자신을 가수라여겼다. 99명의 다른 이들은 그를 하릴없는 백수로 보았다. 백수였기에 사람도 피했고 명절도 싫었다. 가족과 친척조차 만나기가 두려워 졌다. 또 무슨 소리를 들어야 할지. 노래 연습을 하고 있다고 말할 수는 없었다. 그냥 공무원 시험 준비라고 둘러대었다. 하지만 둘러대기도 하루 이틀이고 언제까지 그렇게 둘러만 댈수는 없었다. 다른 친구들은 하나하나 대기업과 공기업에 취업하기 시작했고 그보다 모자란 친구는 중소기업에라도 들어가서 일하기 시작했다. 자신의 처지와 비교되면서 베짱이는 한층 더 자격지심에 빠졌다. 돈을 벌고 안벌고의 차이는 자신감에 큰영향을 미친다. 자신의 생활을 자신스스로 해내지 못한다는 점이 베짱이를 우울하게 했다. 하지만 베짱이는 노래 연습을 하면서 이겨냈다. 그 누가 예상할수 있었을까. 그런 베짱이가 10년뒤에는 세계적인 가수가 되어 콘서트를 하는 모습을 말이다.

6, 방황하는 베짱이

어둠을 뚫고 베짱이가 달리고 있다. 베짱이는 차는 엄두도 못내고 자전거를 한 대 구입했다. 그것도 큰

맘 먹고 구입한 것이다. 베짱이는 마음속으로 자신과 대화했다. 이 위기를 뚫고 나갈 무엇이 없을까. 밤이면 베짱이는 멀리 떨어진 공원까지 자전거를 타고 달려 나갔다. 사람들은 농구를 하고 산책을 하고 있었다. 그 주위를 베짱이는 하릴 없이 왔다갔다 거리면서 자전거를 타고 달리고 있었다. 달은 비추고 있기도 했지만 여러군데에 켜진 가로등 때문에 어둡지는 않았다. 이런 베짱이를 신은 어떤 마음으로 바라보고 있었을까.

베짱이는 아침에는 우유배달을 시작했다. 도무지 생계가 해결이 되지 않아서 시작한 일이었다. 우유배달에 이어 녹즙 배달일까지 했다. 자전거를 이용해서 여러군데의 집까지 녹즙을 배달하면서부터 어느 정도 자립이 가능해졌다. 아침에는 우유배달, 그이 후에는 녹즙 배달이 끝나고 나면 베짱이는 집으로 돌아와 음악공부를 시작했다. 스승도 없고 누구의 지도도 받지 않은 음악 공부, 자신과의 싸움이었다. 누가 하라고 채찍을 휘두르는 것도 아니었다. 누구의 지시도 없었다. 오로지 자신과 싸우면서 음악실력을 키워나가야 했다. 주위에 배순이를 제외하고는 주위에 음악하는 친구도 없었다. 오로지 자신의 음악을 자신이 평가하면서 음악을 배워야만 했다. 베짱이는 대공연장에서 음악을 하겠다는 꿈이 있었으나 현재로는 막막한 꿈이었다. 그는 도시에 빌붙어 거주하고 있는 한명의 가련한 젊은 청년에 불과했다.오로지 그가 젊다는 것, 하지만 그것은 그의 무능력을 증명하는 것이었다. 그에게는 별다른 희망이 보이지 않았다.

베짱이는 꿈이 있었지만 뜻대로 되지 않았고 , 한때는 우울증에 빠졌다. 처칠이 우울증에 시달려서 괴로웠듯이 베짱이 역시 우울증에 마음속의 한 마리의 검둥개처럼 우울에 빠졌다. 그래서 베짱이는 병원을 찾았다.

"요즘 우울합니다. 밤에 잠도 잘 못이루고요."

베짱이는 말했다.

"스트레스 받는 게 있나요?"

"음악가로 성공하고 싶은데 뜻대로 되지 않습니다."

"때론 스트레스를 푸는 것도 중요합니다.
일단은 약물치료를 병행하겠습니다."

베짱이는 병원 치료를 겸했고 차츰 우울에서 벗어나 밝은 모습을 되찾을수 있었다.

시간은 흘러 베짱이는 13년동안 노래 연습을 하고 있었다. 그러면서도 자신이 스타가 될 것을 마음속으로 굳게 믿고 있었다. 처음에는 배짱이 혼자만이 믿음이었지만 차츰 개미는 베짱이가 두려워 지기 시작했다. 이런 굳은 믿음을 가진 사람이 있었던가. 개미는 이미 베짱이에게 마음속부터 지기 시작했다. 어쩌면 베짱이가 스타가 될지도 몰라.

7.. 때는 여름

뜨거운 한 여름이 지나가고 장마철이 왔다. 하늘은 구름이 끼어 시꺼멓고 소낙비가 쏟아지기 시작했다. 개미들 역시 때아닌 소낙비에 서둘러 일을 정리하고 집으로 돌아갔다. 집 수리를 하지 않으면 비에 집이 침수되기 때문에 서둘러 작업에 임해야 했다. 베짱이 역시 나뭇잎 위에서 노래를 부르다가 서둘러 나뭇잎 아래로 몸을 사렸다. 당분간은 노래 연습을 못할 것 같다. 노래 연습을 하더라도 비오는 소리에 묻혀서 아무도 듣지 못할 것이 분명했다. 베짱이는 빗소리에 맞추어서 노래를 불렀다. 아무도 듣지 못한데도 좋았다. 연습을 포기할 수는 없었다. 그즈음 개미는 집의 구멍들을 막아놓고 모처럼 여름날의 휴식을 가지고 있었다. 현대인들이 짧은 여름 휴가를 보내듯 개미도 휴식기간에 모처럼 잠도 푹자고, 먹이도 충분히 먹으면서 에너지를 보충하였다.

장마는 한계절의 우울한 시기이다. 집안에만 있다보면 마음은 쳐지고, 비오는 소리에 기분마저 다운되기 일수이다. 모든 생명체는 활동을 할때 그 몸이 살아난다. 가만히 있는 것은 처지는 것일 것이다.

우리의 인류의 시조인 유인원들도 장마 시기에는 동굴에 몸을 숨기고 잠을 자는데 시간을 썼을 것이다.

때론 그 안에서 짝짓기를 하며 시간을 보냈을 지도 모른다. 개미야 모아둔 식량이 있었을 것이고 베짱이는 어떻게 먹이를 구했을까. 아마 바닥에 떨어진 먹이나 널려진 풀잎들을 먹으면서 보냈을 것이다. 사실 여름날에는 먹이를 걱정하지 않아도 된다. 산에 널린 것이 싱그러운 풀잎이기 때문이다. 하지만 겨울이 되면 풀잎은 사라지고 베짱이는 힘든 처지에 몰리고 만다.

베짱이는 겨울이 되자 인생에 좌절했다 그가 갈곳이라곤 아파트 지하실이 전부였다. 어둡고 캄캄했던 지하실 생활에서 그는 잡초처럼 자라는 법을 배웠다. 그리고 가끔씩 밖으로 외출하였다. 밖은 춥고 눈이 내렸다. 눈을 맞으면서 베짱이는 봄이오면 꼭 성공적으로 데뷔하겠다고 마음먹었다. 하지만 마음은 우울했다. 한 공원의 의자에 앉아 베짱이는 생각에 잠겼다. 그런 베짱이에게 다가오는 사람이 있었다. 그것은 천문학자 최였다. 천문학자 최는 베짱이의 마음을 이해한다는 듯이 말했다. "젊은이여 인생에 풀리지 않는 고민이 있는가." 베짱이는 자신의 고민을 말했다. 천문학자 최는 이렇게 말했다. "우주는 자기 마음먹은 대로 된다. 내가 생각한 그대로의 모습이 바로 내 우주인 셈이지."

"자신이 마음먹은대로 된다고요."

"그렇지"

"인간은 하나의 소우주이거든."

"지금 당장 행복감을 느껴보게나. 그렇다면 너가 원하는 것들이 다 이루어질테니말이야."

천문학자 최는 수수께끼 같은 말을 남기고 사라졌다. 베짱이는 나중에야 천문학자 최가 신이 보낸 사자라는 것을 알게 되었다.

'신이 천문학자 최를 통해 나에게 깨달음을 주려고 보내셨구나'

베짱이는 감격하고 자신의 우주를 바꾸어 나가보겠다고 생각했다.

먼저 어둡고 우울한 자기 이미지부터 바꿔야 했다. 베짱이는 공원을 달리기 시작했고 우울감과 비관적인 마음을 벗어던질수 있었다. 그리고 노래 연습도 꾸준히 했다.

베짱이의 삶에도 희망의 빛이 비추기 시작했다.

베짱이는 겨울에 군고구마 장사를 시작했다. 무엇을 해서라도 일단 먹고 살아야 했기 때문이었다. 하지만 군고구마를 사라고 외치지도 못하는 베짱이 자격지심에 시달렸지만 살기위해 군고구마를 팔아야 했다. 군고구마를 굽는 기계와 고구마 값에서 이득을 얻으려면 어느정도는 팔아야 했다. 다행이 그런 베짱이를 불쌍하게 생각하는 사람들이 있어서 베짱이는 굶어 죽지 않을수 있었다. 때론 자신이 구운 군고구마를 자신이 다 먹어야 할때도 있었다. 하지만 괜찮았다.

베짱이의 가슴속에는 누구보다도 빛나는 꿈이 있었기
에.

8. 여름의 시절이 끝났다.

여름의 시절이 끝났다.이는 베짱이의 인생으로 보자
면 사람의 인생에서 20대의 시절이 지나갔음을 알린
다. 그 시간동안 베짱이는 밥먹고 노래 연습만 했다.
그의 연습장소는 주로 사람들이 많이 오가는 길목이
었다. 사람들은 무심코 지나쳤으나 간혹 노래에 몰두
해서 들어주는 관객이 있었기에 베짱이는 외롭지 않
았다. 이런 베짱이의 삶은 언젠가는 비상하게 된다.
영역은 다르지만 이외수 작가 역시 존버 정신으로 소
설을 쓰면서 버텼지. 그의 소설은 700만부 이상 판매
되었어. 그역시 지긋지긋한 가난과 싸워야 했지만 소
설을 통해 자신의 꿈을 이루었어. 나역시 마찬가지야.
나의 젊은 시절을 오직 나의 주무기인 음악에만 모조
리 바쳤어. 물론 나는 모차르트 같은 재능을 타고난
사람이 아니야. 모차르트의 재능을 타고났다면 20대
부터 환영받고 그 재능을 들어내어 성공했겠지. 하지
만 난 20살에 시작했음에도 불구하고 내 꿈을 포기하
지 않았어.

잭 역시 사업을 20살이 넘어서 처음으로 시작했다. 처음엔 맨땅에 헤딩하듯이 사업을 했다. 장님이 코끼리를 만지듯 그렇게 하나하나 알아갔다. 처음에 실패 투성이었다. 하지만 실패는 할지언정 패배는 하지 않았다. 언젠가는 큰 사업가로 성공해 사람들을 도우며 행복하게 살거라는 비전을 버리지 않았기 때문이다.

한여름 인생에 있어서 봄과 가을 사이에 있는 뜨거운 계절이다. 이는 곧 청춘의 계절이다. 청춘에는 정말 놀기 좋다. 하지만 공부를 하기에도 좋은 것이 청춘이다. 청춘을 그냥 노는 것으로 보내 버린 사람은 나이가 들어 후회 한다. 하지만 남들이 쌍쌍이 바닷가를 갈때 놀러가지 않고 묵묵히 공부에 힘쓴 사람들은 30~40대가 되어 멋진 인생으로 비상하게 된다. 전연령에 걸쳐서 사람들이 가장 후회하는 것이 무엇인지 아는가. 그것은 공부를 더하지 못했다는 후회이다. 사람들은 스스로 그 사실을 알면서도 공부를 하지 않는다. 왜냐하면 당장 놀기가 즐겁기 때문이다. 당신은 청춘의 시절을 놀면서 보낼 것인가. 아니면 자기계발에 몰두할것인가. 미래에 후회하고 싶지 않거든 자신을 계발하는데 집중해야 한다.

오래전에 주자는 권학문이라는 시를 통해 공부의 중요성을 말했다. 주자의 권학문은 다음과 같다.

오늘 배우지 않고, 내일이 있다 하지 말아라.

올해 배우지 않고, 내년이 있다 하지 말아라.
날과 달은 가고, 나 역시 그러하니
아아! 늙었구나 이 누구의 허물인고

잠이오는 정신을 깨우는 죽비와 같은 시가 아닐수 없다. 공부에 있어서 내일이란 존재하지 않는다. 오늘 하루 해야할 공부를 해야 미래를 가질수 있다. 이런 공부에 몰두한 많다.

　나는 여러 사람중에서 한사람의 성공을 살펴 볼 것이다. 그 사람은 동사무소 직원에서 판사거 된 이승채씨이다.

"고학으로 학교를 졸업하고 공무원 공채를 거쳐 사범시험까지 합격한 그는 전남 해남에서 빈농 이장열씨의 넷째 아들로 태어났다. 고향에서 초.중학교를 겨우 마치고 가난 때문에 학업을 중단해야 했다. 면학의 꿈을 버리지 못한 그는 중학교를 졸업한 뒤 한 해를 쉬고 무작정 광주로 나와 조대부고에 입학, 3년 동안 가정교사를 하며 학비를 벌었다. 그러나 고3때에 중학교 입학이 평준화되면서 가정교사 자리를 잃게 되어 2개월간 선배 자취방에 얹혀 기거하며 고등학교를 겨우 졸업했다. 그는　조선대 법대에 입학한 직후 5급 지방공무원 공채에 합격, 광주시 충금동 동사무소 직원으로 자립의 터전을 마련했다. 이후 4년 동안 주경야독의 고된 생활을 이기고 대학 4년 시절인 10월

법원 주사보 시험에 합격, 춘천지법 직원으로 출발했다. 그리고 오랜 노력 끝에 사법고시에 합격했다"

그는 '조상을 잘못 만났다고 불평하는 동생에게 이런 말을 한 적이 있다. "너와 나는 똑같은 부모를 모시고 태어나 똑같은 집과 똑같은 환경 속에서 자라났다. 너와 내가 차이가 나는 것은 네가 아가씨 손을 잡고 바닷가에서 젊음을 즐길때 나는 춥고 어두운 골방에서 라면 끓여 먹으며 피땀 흘리고 공부한 차이다. 청소년기에 아가씨 손을 잡고 바닷가에서 젊음을 즐긴 사람과 춥고 어두운 골방에서 라면을 끓여 먹어가면서 공부한 사람이 커서 똑같은 조건으로 산다고 하면 정말 불공평한 세상일 것이다. 그 두사람 사이에는 반드시 차이가 나야 공평한 세상이다. 나는 조상님이 그렇게 고마울 수가 없는데 너는 왜 조상을 원망하느냐?" 공짜로 그 많은 돈을 얻은 많은 사람들이 인간으로서는 견디기 어려운 고통을 당하고 있는 것을 우리는 보고 있지 않은가? 세상에 공짜는 없다. 또한 뼈를 깎는 노력이 못이룰 일은 없다.

9.꿈을 향해 비상하라.

베짱이와 개미의 삶은 40대가 되자 역전되기 시작했다. 여름에서 가을로 넘어가는 시점이었다. 개미는 몸이 아파오기 시작해 더 이상 일할 수가 없었다. 직장에서의 위치도 좋지 않았다. 개미는 과장으로 일하고 있었는데 자신이 만든 보고서를 부장이 보고 던져 버렸다. "이건 쓰레기야 이정도 생각밖에 못하나" 밤새 만든 보고서가 쓰레기통에 들어가는 것을 보면서 개미는 울컥했다. 이렇게 직장에서도 인정받지 못하고 사느니 차라리 퇴직하는게 낫겠다. 결국 개미는 일하는 능력의 부족과 건강상의 이유로 회사를 그만두게 되었다.

베짱이는 부장을 찾아갔다.

"부장님 저 퇴직하겠습니다."

"갈곳은 있는가"

"어떻게 제 사업을 벌어서 살아보려고 합니다."

"밖은 지옥이야. 쉽지 않을거야"

"네 알고 있습니다. 하지만 회사생활이 힘드니 어쩔 수 없죠."

"행운을 비네"

애초에 무리해서 야근과 회식을 이어오는게 건강상의 문제를 키웠던 셈이다. 그때만해도 회식은 일의 연장이라 생각했고 젊었기에 건강에 자신이 있었다. 하지만 40대가 되면서 급격하게 떨어지는 체력과 몸 곳곳의 통증들은 그의 회사생활을 짧게 만들었다. 결국 회사에서 은퇴해 연금과 저축해놓은 돈으로 죽을때까지 버티기에 돌입했다. 돈이 없다면 아르바이트를 구해야 할지도 모를일이다.

그에 반해 베짱이의 인생은 가을이 오면서 꽃피기 시작했다. 그의 노래 실력을 인정해주는 사람들이 늘어나면서 차츰 공연장에서 공연을 하게 된 것이다. 처음에 받은 돈은 적은 돈이었지만 자신의 노래를 돈을 주면서 듣고 싶어하는 사람이 있다는 것에 베짱이는 감격했다.

'나도 내인생에 언젠가는 세상에 갚아줘야할 한방이 있다고 생각했다. 그 한방은 지금부터이다.'

배짱이는 큰 공연장에서도 공연을 하게 되었다. 처음에 반응은 미비했지만 차츰 콘서트 장에서 이름이 알려지기 시작했다. 그리고 어느새 지방의 콘서트 정도는 단골 손님이 되었다. 이제 배짱이는 돈 걱정은 하지 않는다. 자신이 잘하는 노래만 불러도 충분히 먹고 살기 때문이다.

10.성공자가 되다

베짱이는 성공자가 되었다. 그가 성공강연에서 반복해서 하는 말은 자기의 분야에서 최고가 될 것과 오랜 시간동안 노력하라는 것이었다.

평범한 돌도 갈고 닦다보면 다이아몬드라는 보석처럼

빛나기 마련이다. 절차 탁마를 거치면 어설픈 재능을 가진 사람도 최고의 실력자로 거듭날 수 있다. 베짱이의 삶이 바로 그 삶의 증 거이다. 사실 베짱이의 노래 실력은 뛰어나지 않다. 매미의 우렁찬 목소리 귀뚜리미의 애닯픈 목소리에 비하면 평범하고 그렇게 듣기 좋은 소리도 아니다. 하지만 베짱이는 자신의 노래 실력을 믿었다.

방송계의 유재석이나 김병만은 최고의 재능을 가진 친구들이 아니다. 오히려 그보다 더 많은 재능을 가진 개그맨들도 많다. 하지만 그들은 노력을 통해서 그들의 재능이 부족함에도 불구하고 그것을 극복하고 일인자가 되었다.

박태환 선수도 수영선수를 하기에는 불리한 체격이었다. 그보다 훨씬 신체 조건이 좋은 사람도 많았다. 하지만 노력을 통해 자신의 약점을 극복하고 금메달을 차지 하였다. 현대의 베짱이들은 이렇게 각분야에 많다. 개미와 베짱이중 어느삶을 선택하고 싶은가. 나는 단호하게 베짱이의 삶을 선택하라고 권유하고 싶다.

개미와 베짱이의 차이점은 열정의 차이이다. 물론 개미도 열심히 일한다. 하지만 성실이라는 테두리 안에서이다. 개미는 단지 성실할뿐이다.내면의 열정이 없다. 그도 그렇듯이 남이 시키는일 자신의 가슴이 시키지 않은 일을 하면서 열정이 솟아오르는 사람은 없을 것이다. 그에 비해 베짱이는 자신의 가슴속에서 시키는일 내면의 열정이 솟아 오르는 일을 하기에 하루종일 일에 몰두해도 지치지 않는 것이다. 개미가 직장생활이 계속되면서 점차 요령피우는 능력을 키워나갈 때 베짱이는 자신의 영역에서 노하우를 쌓아나가기 시작한다. 그 차이가 그들의 미래를 갈랐던 것이다.

11.자신의 분야에서 최고가 되라.

수영의 펠프스, 골프의 타이거 우즈, 축구의 호날두, 달리기에 우사인볼트 등은 자기 분야에서 일인자가 된 사람들이다. 베짱이는 말한다. "자신의 분야에서 일인자가 되라. 그러면 자연히 먹고 사는 문제에서 벗어나 귀족처럼 살수 있다."

배짱이는 2류, 3류 음악가였지만 늘 꿈을 꾸었다. 그 것은 자신이 최고의 1인자에 오르는 바로 그모습이었다. 그에게 재능은 부족했다. 사실 재능이 아니었다. 베짱이는 사실 풀을 뜯어먹고 사는 존재이다. 그에게 가수라는 것은 가당찮은 직업이었다. 하지만 베짱이는 노래를 단순히 취미로 여기지 않았다. 자신만의 고유한 목소리로 세상을 한번 평정하겠다는 당찬 각오가 있었다. 거기에서 개미의 사고방식과는 완전히 다른 것이다. 개미는 한평생 자신의 안위만을 생각하며 살아간다. 거기에 위대함도, 소중함도 없다. 단지 생존을 유지하고 번식을 한다는 것이다. 우리 인생이 단순히 생존과 번식을 위해서라면 얼마나 아까운 일인가. 불교에서는 생명이 탄생하는 일이 천년만에 한 번 올라오는 바다거북이 구멍난 판자에 머리가 낀 경우라고 한다. 얼마나 낮은 확률속에서 한 생명은 탄생하는가. 그것을 안다면 자신의 생명을 소중히 여길 것이다. 그리고 자신의 잠재력을 계발하는데 온힘을 다바칠 것이다. 아니 목숨을 걸 것이다.

베짱이는 자신의 삶에 목숨을 걸었다. 그것은 오직 노래였다 여기서 베짱이는 노래였지만 다른 사람들은 다른 자신만의 장기를 찾아 거기에 목숨을 걸면 되는 것이다. 진정으로 10년 , 20년 목숨을 건다면 사람들이 다 알아준다. 무슨 분야에는 누가 있다. 무슨 분야에는 누가 유명하다 소문히 퍼져 나간다. 베짱이는 그 사실을 알았기에 노래에 목숨을 건 것이다.

윈 베네딕트 선교사는 10대에 꿈을 꾸고 20대에 준비해서 30대에 영향력 있는 사람이 되라고 말한다. 나역시 그의 설교를 들었기에 그의 주장에 대해 잘 알고 있다. 꿈을 꾸고 영향력있는 사람이 되라는 그의 설교의 가르침대로 나는 세상 속에 영향력을 끼치는 사람이 되기 위해 노력하고 있다.

카루소는 지금은 전설이 된 유명한 성악가이다. 하지만 그역시 시작은 초라했다. 그를 가르치는 교사는 그가 가수로서의 가능성이 없다고 말했다. 심지어 창

문을 스쳐가는 바람소리 같다고 표현하였다. 하지만 그는 시련을 이겨내었고 성악에 목숨을 걸어 지금은 누구나 알아주는 성악가로 기억된다.

 폴포츠 역시 성악을 했으나 아무도 알아주지 않았다. 못생긴 외모, 뚱뚱한 몸매 어느것 하나 사랑받을 것 없었다. 그는 결국 커서 휴대폰 외판원일을 하였고, 교통사고를 당해 병원에 누워 있기도 하였다. 폴포츠가 걱정했던 것은 자신이 노래를 할수 있을 것인가 없을 것인가에 대한 것이었다. 그는 그 어려운 시절에도 성악을 배우러 학교에 다니기도 하였다. 결국 그는 한티비 프로그램에서 우승하면서 그의 인생을 꽃피웠다. 그의 앨범 제목은 one chance이다.

베짱이는 카루소를 생각했다. 폴포츠를 생각했다. 자신도 언젠가 위대한 음악가로 쓰임받을때가 있을 것이라는 사실을 놓지 않았다.

베짱이는 현실의 생계를 위해서 운전 일을 하였다. 트럭으로 물건을 실어 나르는 일을 했다. 그 일은 고달팠다. 하지만 자신의 꿈이 있었기에 그는 꿈을 포기하지 않았다. 제임스 카메론 감독역시 트럭으로 운송하는 일을했다고 한다. 그 일을 하면서 시나리오를 써가면서 영화 감독을 꿈꾸었다. 지금은 누구나 제임스 카메론 감독을 최고의 영화 감독으로 인정해 준다.베짱이는 옆자리에는 기타를 놓고 그는 늘상 음악을 꿈꾸었다. 그리고 시간이 날때마다 기타를 치며 노래를 불렀다. 윤도현 역시 무명 시절 늘 외롭게 보조석에 기타를 놓고 다니면서 음악을 연습했다. 그는 공연장에서 자신의 곡보다 남의 곡을 부르는 시기가 더 많았다 하지만 현실을 불평하지 않았다. 언젠가는 자신의 곡이 인기곡이 될 것을 믿으면서 여러 곡을 부르면서 노래 실력을 쌓는 연습을 했다. 지금 윤도현은 대 스타가 되었다. 그 옛날의 윤도현을 보았던 사람은 아무도 그가 스타가 될 것을 예측 하지 못했을 것이다. 단지 노래를 좋아하던 한 청년으로 기억했을 것이다.

개미가 자신의 월급을 가지고 여자친구를 만나 좋은 곳으로 데이트를 떠날때에도 베짱이는 트럭 행상을 하면서 노래를 불렀다. 개미가 그동안 모은 돈으로 집을 사고 결혼을 하여 살림을 차릴때에도 베짱이는 트럭배달을 하며 노래연습에 더 몰두 했다.베짱이라고 해서 여자를 만나고 싶지 않은 것은 아니었다. 하지만 몇 번 접근해 보았으나 베짱이의 현재의 모습만을 바라보고 모두 베짱이를 거절하였다. 베짱이의 내면에는 빛나는 미래가 있었지만 어떤 여자도 베짱이의 미래에 자신을 걸지 않았다. 하지만 베짱이는 언젠가는 자신의 꿈이 인정받아 세계적인 음악가가 될 것이라는 생각을 하루도 포기하지 않았다. 어쩌면 베짱이는 사회의 패배자이자 몽상가였고 개미가 사회의 성공자이자 사회에 잘 적응한 인간이었다. 하지만 베짱이의 노력은 한 프로듀서의 눈에 띄게 되었고 방송에 출연하게 되었다. 그것은 음악 대결 프로그램이었다. 치열한 경쟁률을 뚫고 베짱이는 예선에 통과했다. 하지만 문제는 본선에서부터였다. 본선에서부터는 더 강력한 경쟁자와 맞서 싸워야 했다. 하지만 베짱이는 걱정하지 않았다. 10년이 넘는 세월동안 노래 부르면서 준비된 노래가 많았기 때문이었다. 베짱이는 첫 본선에서 '거위의 꿈'을 부르며 심사위원의 주목을 받았다. 인터넷에서는 우승후보가 나타났다며 야단이 났다. 베짱이는 방송 첫날부터 사람들의 주목을 끈 것이다. 베짱이는 본선을 진행해가면서도 승승장구였다. 그리고 최종 파이널에서 '나는 나비'를 부르면서 우승을 차지했다. 우승을 차지하면서 베짱이의 인생은 역전되었다.

개미는 가정을 꾸려서 더욱 일에 몰두했다. 집안에서 아이들과 아내와 보낼 시간도 없었다. 승진을 하면서 일에 더 몰두해야 했기 때문이다. 가정에서 나가는 돈도 점점 많아졌다. 아이들의 교육비며, 집세며, 자동차 유지비며 나가는 돈이 더 많아지기 시작했다. 돈은 더 많이 벌었으나 나가는 돈이 더 많아졌다. 개미는 이제 런닝머신에서 달리는 기분이 들었다. 아무리 달려도 앞으로 나아가지 않는 절망이었다. 개미는 이제껏 노력한 자신이 왜 이런 신세가 되었는지 이해 하지 못했다.

그즘은 베짱이는 스타가 되었다. 그의 콘서트에는 구름처럼 관중이 모여들었고 그 수익금으로 기부를 하면서 행복하게 지내게 되었다. 베짱이는 음반을 발표했고 유튜브영상도 찍었다. 앨범은 100만장 이상 나갔고 유튜브는 1000만회가 돌파했다. 유튜브 광고 수익만해도 어마어마하다. 얼마전에는 집을 구입하고 통장에 수억원을 저금하였다. 그리고 운명처럼 배우자를 만나게 되어 결혼에 이르게 되었다. 베짱이는 지금까지의 노력이 헛되지 않았다는 것, 그리고 자신이 지금껏 버텨 온 것 자신의 꿈을 배신하지 않은 것에 감사 기도를 드렸다.

이제 개미는 베짱이를 부러워하는 신세가 되었다. 개미는 언제나처럼 죽을때까지 일벌레로 살아가야 하지만 베짱이는 자아 실현을 하면서 행복한 미래를 꿈꿀 수 있게 되었기 때문이다.

12.개미의 삶은 억울하다?

개미는 배짱이를 보면서 억울해 했다. 성실하게 일한 자신이 왜 놀기만 한 베짱이보다 못한 것인지 억울해 했다. 하지만 베짱이 입장에서 보면 하나도 억울할 게 없는 일이었다. 개미가 아무 생각없이 성실히 일할 때 베짱이는 세상속에서 어떻게 자신을 포지셔닝해야 하는지를 매일 고민했기 때문이다. 그리고 자신의 장점을 찾아 오직 그 장점을 통해 세계의 1인자가 되겠다는 훈련을 매일 했기 때문이다. 개미는 일주일마다 로또 복권의 당첨을 기다렸다. 로또 복권을 구입하고 그것을 맞추는 것이 인생의 낙이었다. 개미는 일하는 시간 말고는 늘 백일몽에 빠져 있었다. 로또에 이어 토토를 하기 시작했고, 주식 투자에도 손을 뻗었다. 그가 하는 것은 주로 투기로, 대박만을 노리면서 살아갔지만 대박은 오지않고 실망과 패배감만 들었다. 그런 그가 로또 복권에 당첨되더라도 행복은 오래가지 못했을 것이다. 그에게는 돈을 관리하는 능력이 없었기 때문이었다. 그에 비해 베짱이는 자기 자신에 투자하였다. 모든 투자중에서 가장 좋다고 여겨지는 것이 바로 자신에 대한 투자이다. 자신에게 투자해 몸값을 올린 베짱이는 이제 승자가 되었다. 누군가가 자신을 찾게 만들만한 실력을 갖추는 것, 그것이 바로 부자로 가는 지름길인 셈이다.

사람이 얼마나 발전하는 가는 그사람의 꿈에 달려 있다. 그 꿈의 크기가 큰 사람은 그 크기만큼의 발전을 한다. 하지만 꿈이 작은 자는 그 꿈만큼 밖에 성장하지 못한다.

일본에는 코이라는 물고기가 있다고 한다. 어항에 키우면 손바닥 밖에 못자라지만 연못에 담아두면 그 크기가 30센티미터 이상으로 커진다고 한다. 주위의 환경에 따라 그 크기가 달라지는 것이다.

메이저리그의 류현진 선수는 자신의 환경을 바꿈으로서 더욱 성장하게 된 선수이다. 그는 국내리그에서 보낼때에도 좋은 성적을 거두었지만 세계적인 무대로 그 배경을 옮긴뒤로는 더 큰 성장을 하고 있다. 마찬가지로 손흥민 역시 국내리그에서 뛰면 잘했을지는 모르지만 외국에 나가 세계적인 축구선수로 발돋움해서 활약하고 있다.

처칠의 꿈은 영국의 수상이 되는 것이 었다. 실제로 처칠은 영국의 수상이 되어 2차 대전을 승리로 이끌었다. 수많은 모범생들이 있었지만 열등생이었던 처칠이 그들을 넘어 섰듯이 꿈이 있는 자는 단순히 머리좋고 능력 많은 꿈이 없는 자를 이길수 있다.

13. 토론
그날 저녁

"영주 너는 어떻게 생각하니." 스미스가 물었다. "나는 개미로 살아간지 이미 오래야. 지금와서 내 인생이 바뀔 것 같지 않아. 난 이대로가 좋은 걸."
스미스는 안타까운 마음으로 말했다.
"난 베짱이의 길을 가겠어. 내가 배짱이의 길을 간다면 나와 함께 하지 않을래?"
둘의 이야기를 들은 미첼은 이렇게 말했다. "나는 개짱이가 되고 싶어"

스미스가 말했다. "개짱이가 먼데?"

"개미와 베짱이를 합친 것 말이야?"

미첼은 초등학교 교사로 작가이기도 하다. 그에게 초등학교 교사가 생존에 필요한 것을 제공해 주었다면 작가는 미첼 자신의 꿈이기도 했다.

미첼은 자신의 인생을 예로 들며 개짱이에 대해 설명했다.

"현실을 포기하지 않으면서도 꿈을 꾸는 것을 말해"

"베짱이도 현실을 이겨내기위해 트럭 배달일을 하잖아. 나도 마찬가지였어. 작가라는 꿈을 이루기 위해 초등교사를 일을 해야 했던 거지. 꿈은 현실을 기반으로 설정되 현실을 무시한 꿈이란 있을수 없어. 집안이 좋아 마냥 꿈만 꿀수 있는 사람도 있어. 하지만 그 사람들은 몽상가에 불과하지 진정으로 꿈꾸는 사람은 자신의 현실을 외면하지 않아.

그래서 개미처럼 일하면서도 베짱이처럼 꿈꾼다는 거야. 그래서 개짱이라고 부른 거야."

"그거 멋진데 개짱이라." 스미스가 대답했다.

잭은 말했다. "그런 의견이 나올줄은 몰랐는데 나는 베짱이로서의 삶만을 생각했는데 개미의 삶도 틀린 것은 아닐 거야. 많은 사람들이 그처럼 살아왔고 그 삶속에서도 행복과 의미를 발견하는 사람도 많으니까. 말이야. 하지만 현대 사회는 점점 개미에게 불리하게 돌아가고 있다는 것을 알아야 해. 진정으로 베짱이로 성공하지 못한다면 사람들은 요즘말하는 n포 세대가 되어 노인이 될 뿐이거든. ”

미첼이 말했다. 이거 그러고 보니까 “한 개인의 문제가 아니라 사회의 문제같은데” “한 사람의 삶의 자세를 탓하기 전에 그 사회의 문제점을 찾아보고 그것을 고쳐 나가는게 좋지 않을까”

잭은 말했다. 네가 지도자가 되어 그렇게 해주었으면 좋겠다. 하지만 현실은 그렇지 않으니 “

스미스가 말했다. ”나 역시 비정규직 노동자이지만, 사회탓만은 하지 않아. 준비가 부족했던 내 실수도 있으니 말이야 “.

미첼이 말했다. ”하지만 비정규직 노동자문제도 요즘 불거지는 사회문제 현상중에 하나이야. 정부가 그 역할을 제대로 하지 못하고 있다는 거지. “

잭이 말했다. ”이거 이야기가 복잡해지고 커졌는데 “ ”우리 사회 이야기는 하지말고 개인적인 상황을 바꿀 수 있을 만한 이야기를 해보자. “

”그래 사회는 분명 우리들이 힘을 모아 바꿔 나가야 하는 거지만 당장은 어떻게 할수 없으니까 말이야. “

잭은 말했다. ”현대 자본주의 사회에서 승리하려면 자기계발을 통해 스타가 되는 것이 하나의 방법이야. 그렇지 않으면 개미처럼 한 평생 일만하다 살게 돼. 그리고 그 가장 손쉬운 방법은 바로 독서야. 베짱이는 음악만 열심히 팠지만 사실 일반인들은 음악에 대한 재능이 거의 없거든. 모든 사람들에게 보편적으로 적용할만한 것을 생각해보니 독서만한 게 없어."

그러자 출판계에서 일하고 있는 사라가 말했다. "책을 보면 인생이 바뀔까." 미첼이 말했다. "수많은 위인들이 한목소리로 강조하고 있는 것은 책을 보라는 거야.그것은 현대의 인물인 빌게이츠나 워렌 버핏과 같은 사람도 마찬가지이지."

스미스가 말했다. "이거 이러고 보니 독서모임을 만들어야 겠는걸".

"그런데 내가 비정규직이라는 문제점을 타개할수 있는 비법이 있을까." 잭이 말했다. "너도 사업가와 투자가의 길을 가길 바래. 물론 그 시작이 초라할순 있어. 하지만 자본주의 사회에서 살아남으려면 너도 더 치열한 마음으로 무장해야돼. 자본에 대한 더 깊은 공부도 필요하지. 나역시 사업이 쉽지 않았어. 하지만 운좋게도 나는 성공의 길을 걷게 되었고 이제는 월급에 절절 매고 있는 많은 사람들이 1인 기업가로 성공할수 있게 만드는 일을 돕고 있지."

 사라가 말했다. "컨설팅 역할도 하고 있다는 거구나. 역시 성공한 사람들은 일로 바쁘구나. 나역시 출판일로 바쁜 경우가 많아. 요즘에는 일반인 글쓰기 분야에 대한 욕구도 늘어나 그 분야에 관한 책을 여러권 출판 했지."

"나는 개미의 삶을 살고 있어.앞으로 어떻게 살아갈

지 생각하면 막막해. 내가 개미와 베짱이 이야기를 10년전에만 들었더라도 내 삶이 바뀌었을 텐데 말이야. "

잭이 말했다.

"지금이라도 개미와 베짱이 이야기를 들은 것을 축하해. 네 삶을 바꿀수 있는 이야기이니까 말이야."

너 혹시 "누가 내 치즈를 옮겼을까 .라는 책을 알고 있니. 미첼이 말했다. 물론 알구 말고 여러번 읽었는걸. 그 책에서는 변화를 말하고 있어. 변화에 적응하고 변해야 한다는 거지. 하지만 나는 다른 면에서 접근하고 싶어. 자신의 분야에서 최고가 될수 있다면 어떤 변화도 두려울게 없다는 것이지. 자신만의 위치에 포지셔닝해 최고의 자리를 점령할수 있다면 두려울게 없어. 코카콜라와 같은 경우가 대표적인 1등기업이지. 코카콜라는 지금도 그렇지만 앞으로도 흔들리지 않을거야. 부동의 음료수 브랜드 1위의 자리를 유지하고 있으니까 말이야. 1등의 파워는 그렇게 강력한 거야.

사라가 말했다. "그러니까 네가 말하고 싶은 결론은 직장생활에 억매이지 말고 자신만의 분야에서 일등이 되라는 것 아니야." 잭이 말했다. "네말이 바로 그말이야." 패션디자이너 최가 말했다. "그러니까 잭의 말은 옷으로 치자면 싸구려 옷이 되지 말고 명품이 되라는 이야기겠지."

스미스가 말했다. "나는 비록 비정규직이만 앞으로 어떻게 해야 할지 조금은 감은 잡았어. 나만의 분야에서 일등을 하기 위해 노력해 나갈거야. 베짱이처럼 말이야. 그리고 현실을 포기하지 않는 다는 점에서 개미의 삶도 배워야 겠지."

잭이 말했다. "난 너희들이 행공하기를 바래. 행공이 머야". 스미스가 물었다. 잭이 답했다. 행공이란 행복해서 성공한다의 준말이야. 성공해서 행복한게 아니라 행복해서 성공한다는 뜻이지." "개미와 베짱이의 이야기가 너희들의 삶에 도움이 되었기를 바래. 나역시 그 이야기를 읽고 변하기 시작했으니까 말이야."

오늘 모임은 여기서 마쳐야 겠는걸. 미첼이 말했다. "아쉽지만 어쩔수 없지 개미와 베짱이 이야기를 집에 가서 조금더 생각해 봐야 겠어." 스미스가 말했다. 개미와 베짱이 이야기를 "많은 사람들에게 들려주길 바래." 인생을 바꿀수 있는 이야기니까 말이야 잭은 미소를 지으며 말했다. 그들은 집으로 돌아갔지만 개미와 베짱이 이야기는 그들의 마음속에서 여운을 남겼다.

제 2부

1. 개미와 베짱이 그후

스미스는 독서를 시작했다. 스미스는 열정적으로 일하기 시작했고 매니저의 눈에 들어 정규직으로 전환되었다. 단지 마음가짐을 바꿈으로서 자신의 삶이 바뀐다는 것을 실제로 체험하게 된 것이다. 스미스는 베짱이처럼 자신의 분야에서 1등이 되기로 다짐했다. 그래서 일을 더 열심히 하기 시작했고 자신의 전문분야에 관한 독서에도 열을 올렸다. 사실 알고 보면 모든 승자들의 공통 승리 요소는 열정이다. 열정앞에 철옹성도 무너진다. 열정이 더해진 노력으로 운명도 넘어 설수 있다. 스미스는 사회의 성공자의 본보기가 되고 싶었다. 아무것도 가진 것도 없고, 아무것도 잘난 것 없어 겨우 비정규직으로 취업하였던 스미스이지만 누구나 한번쯤 뜨겁게 인생을 살기 시작하면 자신의 운명을 바꿀수 있다는 것을 증명해 보이고 싶었다.

"자네 요즘 독서를 한다면서?"

팀장이 물었다.

"제 업의 전문가가 되기 위해 꾸준히 독서를 해오고 있습니다."

"좋아, 그렇다면 이번 신입 사원 교육은 자네에게 맡기지"

스미스는 신입 사원 교육에 최선을 다하기로 했다. 모든 기회는 사소한 일들의 모음으로 온다. 처음부터

큰일을 할려고 하지 말고 작은 일부터 충실할 때 큰 기회도 오는 법이다.
스미스는 문득 책에서 본 내용이 생각났다.

"가난한 자는 책 때문에 부유해지고
부유한 사람은 책 때문에 귀해지며
어리석은자는 책으로 인해
어질어지고
어진 사람은 책으로 인해
부귀를 얻네
책을 읽어 영화 누리는 것은 보았지만
책을 읽어 실패하는 것은
보지 못했네
황금을 팔아 책을 사 독서하라.
책을 읽으면 황금은 쉽게
살수 있네"
"옛시이긴 하지만 진리를 담고 있어." 스미스는 되새겼다.
팀장이 말했다. 요즘은 책보다 컴퓨터에 능해야 되는 것 아닌가.?
"컴퓨터로 성공했다는 빌게이츠, 마크 저커버그, 스티븐 잡스가 독서광이었다는 사실을 알고 있나요?"
"컴퓨터를 해야 성공한다면 모든 컴퓨터 전공자들은 성공해 있어야 하지 않나요? 하지만 그렇지 않잖아요."

빌게이츠, 저커버그, 스티븐 잡스가 성공할수 있었던 것은 독서를 통해 얻은 지식을 컴퓨터 사업에 활용했기 때문이에요. 그들의 성공에는 컴퓨터 실력이전에 독서가 결정적인 영향을 끼쳤던 거죠. 실제로 빌게이츠는 독서하는 습관이 하버드 졸업장보다 중요하다고 했고, 저커버그는 어릴 때 읽은 그리스 로마 신화와 같은 고전이 자신에게 강한 영향을 주었다고 했어요. 물론 스티븐 잡스 역시 소크라테스와 점심식사를 한다면 회사를 주어도 아깝지 않다고 말할 정도로 인문고전에 심취했던 사람이죠.

"독서가 그렇게 중요한줄은 몰랐네. 나도 독서에 참여 해야 겠는걸. 이기회에 회사에 독서 모임을 만들어 보는 것은 어떤가? 사실 몇몇 그룹에서는 이미 실행하고 있는데 사실 내가 독서를 별로 좋아하지 않아 실천을 하지 못했어."

"제가 한번 만들어 보겠습니다." 스미스는 사내 독서 모임을 만듬으로서 자신의 독서를 한단계 더 발전 시키고 싶었다. 혼자서 보아서는 볼수 없었던 것들을 독서 모임을 통해서는 볼수 있고 독서의 흥미와 집중도를 높이는게 독서 모임이다. 사실 독서 모임을 통해 토론 하는 것도 중요하지만 같이 독서를 하는 사람이 있다는 것 자체가 자극을 주고 발전에 영향을 끼친다.

스미스는 동료인 오혜미 씨와 박거성씨에게 독서 모임에 참가할 것을 권했다. 스미스가 오혜미에게 물었다. "혜미씨는 독서를 하고 있나요?" 저도 사실 책을 별로 읽지는 못해요. 인기있는 베스트 셀러 소설종류만 간간이 읽어요. "그런 독서로는 변화를 일으킬수 없어요. 자신의 전공 분야에 관한 책을 100권 읽으면 전문가가 되고 5년동안 500권을 읽으면 세계적인 전문가가 될수 있어요.혜미씨는 왜 더 큰 꿈을 꾸지 않는거죠?" "알겠어요. 독서 모임을 통해 제 자신을 바꾸고 싶어요."혜미는 대답했다.

문제는 박거성이었다. 박거성은 학교 공부만 해왔으며 평소에도 거의 책을 읽지 않는다. 그를 독서 모임에 참가 시키는 것 자체가 힘든 일이었다. "책은 학자들이나 보는 거에요. 우리에게는 현실에서의 실천이 중요해요."박거성은 말했다. 사고의 확장 없이 마냥 실천만 한다면 우리는 런닝머신위를 달리는 다람쥐가 돼어 버려요. 독서를 통한 사색을 통해 자신의 인생을 바꾸려면 어떤 행동을 해야 하는지에 대한 사고가 필요해요. 박거성씨는 평소에 실천을 잘하는 사람이니까 독서를 하면 그 파괴력이 두배가 될 거에요. 우리 같이 독서해요. 박거성은 마지못해 독서모임에 참가했고, 이들의 독서 모임은 일주일에 한번씩 카페에서 하기로 했다.

모임 첫날 박거성이 말했다. "나도 참 어릴때는 꿈

이 많았는데 나이 들고 보니까 월급과 승진 밖에 머리에 안들어와요. 내가 어쩌다 이렇게 되었는지." 그것은 모든 직장인이 겪고 있는 현실이 아닐까요. 먹고 살기 위해서는 어쩔수 없는 일을 하다보니 그런 신세가 되어 버리고 마는 거죠. 혜미가 말했다.

우리 인생에는 변화가 필요해요. 스미시는 말했다. "저도 3류인생이었지만 이제는 1류 인생을 꿈꾸고 있어요. 그 시작은 독서였어요. 제가 아는 친구가 성공한 사업가거든요. 그친구는 독서에 목숨을 걸면서 자신의 분야에서 최고가 되기 위해 노력하더군요. 거기에 제가 자극을 받았죠.

사실 회사에 다니는 사람들중에 열심히 일하는 사람이 얼마나 되나요. 자신의 봉급 만큼만 일하는게 대부분이지 않나요? 하지만 그중에 열정있는 극소수의 사람들이 있죠. 그사람들이야말로 용이 되는 사람들이에요. 그사람들은 시련과 역경을 더 많이 겪을 지는 몰라도 실패를 이겨내고 성공을 부여잡죠. 내가 꿈꾸는 사람은 바로 그런 사람이에요."

"저도 성공한 사업가를 존경해요. 그들은 악전 고투 끝에 그리고 두려움 속에서도 자신의 길을 묵묵히 가는 사람으로 자신의 성공을 쟁취하고 말죠."

"거성씨도 부와 명예를 한손에 넣고 싶지 않나요? 그렇다면 노력해야죠. 지금보다 두배로 열심히 일하고 두배로 책도 읽어야죠. 자신의 모든 힘을 자신의 재능을 발휘하는데 쏟아야죠. 마치 피겨스케이팅을 준비하는 김연아처럼 말이죠."

"저도 아는데 실천이 안돼요."박거성이 말했다. "그러니까 책을 읽어야죠. 책을 읽으면 열정이 살아나요. 그리고 힘을 얻을수 있죠. 책에는 수많은 실패한 사람들이 이야기가 나와요. 하지만 그들은 실패만 한 것은 아니에요. 그들은 실패에도 불구하고 다시 도전해서 성공한 사람들이죠. 그 사람들이 이야기를 읽어보세요. 회사생활로 힘들더라도 그런 사람들의 이야기를 읽으면 다시 힘을 내어 일에 도전할수 있을 거에요."

변화는 나로부터 시작되는 것이다. 스미스로부터 시작된 변화는 회사 전체에 퍼져 나갔다. 이제 회사의 경영자조차 독서의 중요성을 알게 되었다. 이제 전면적인 독서 경영이 회사에 실시되게 된 것이다.

"알수 없는 미래를 대비하는 가장 좋은 방법은 독서를 하는 것입니다. 물론 여행을 하는 것도 도움이 되지 요. 하지만 책만 못해요. 책은 여행을 하지 않더라도 집안에서 세계의 변화를 한눈에 알수 있죠. 스미스가 말했다.

그런데 왜 그렇게 열심히 살려고 하는 거죠. 혜미가 물었다. 그것은 행복하기 위해서 에요. 행복도 노력해야 된다고 생각해요. 주어진 행복은 그냥 바람처럼 지나가버리죠. 하지만 쟁취한 행복은 언제까지나 내

것이 되요. 우리가 계속 행복할수 있는 길은 계속 해서 자신의 발전을 위해 노력하는 길이죠. 퇴보하는 순간 행복도 사라져버리죠.

무엇보다도 중요한 것은 꿈을 갖는 거라고 생각해요. 인생은 꿈꾸는 거죠. 거성이 말했다. 아무꿈이나 꿔도 되나요? 제꿈은 우주 여행을 하는 거에요.

그꿈도 이루어 질수 있어요. 과학은 발전하고 우주 여행 비용도 낮아지겠죠. 계획을 세워 우주여행 비용을 마련한다면 그건 꿈이 아니라 현실이 될 거에요. 스미스가 말했다.

오늘 만남은 여기까지 하기로 하죠. 혜미가 말했다. 다음에는 더 깊이 있는 대화를 나눠 보고 싶어요. 처음에는 독서하기가 어렵겠지만 습관이 되면 어렵지 않아요.늘 책을 가까이 두고 읽는 습관을 들여 보세요.

인간은 진화 되어 왔어요.그 진화는 지금도 계속 되고 있죠. 책도 진화할까요. 앞으로도 책은 변함 없을 거에요. 지식을 얻는 가장 좋은 방법은 책이거든요. 독서 전도사가 된 스미스가 말했다.

2. 목표를 기록하는 습관

스미스와 회사 동료들의 독서는 계속 이어졌다. 하지만 독서만으로는 무언가 부족하다고 생각되는 사람들이 많았다. 책은 많이 읽지만 남는 것은 없고 정말 도움이 되는지도 모르겠고, 어떻게 해야 발전을 이룰 수 있는지를 모르는 사람이 많았다. 그저 책만 읽다 보면 어떻게 잘 되겠지라고 생각하는 사람들이 많았다. 여러 성공학 책과 자기계발서를 많이 읽은 스미스는 동료들을 위해서 꿈을 달성하는 습관에 대해 강연을 해야겠다고 마음 먹었다.

그리고 꿈을 주제로 한 강연 날이 왔다.

평소 보다 일찍 일어나 강연을 준비한 스미스는 약간의 긴장과 기대감에 사로잡혔다. 이제 자신이 마냥 ceo가 된 듯이 기뻤다. 자신의 성취도 중요하지만 타인의 성공을 위해서 자신이 힘쓰고 있다는 사실이 즐거웠다. 성공하기 위해 가장 빠른 길은 타인을 성공시키는 것이라고 했다. 그런 면에서 스미스는 제대로 가고 있었고, 그런 자신이 자랑스러웠다.

강연장에 도착한 스미스는 강연을 시작했다.

"꿈을 이루기 위해서는 목표를 기록하는 습관을 지녀야 합니다. "

"많은 사람들이 책을 읽으면서도 변화하지 못하는 까닭은 목표를 기록하지 않기 때문입니다. 책만 해도 수만권이 있는데 닥치는 데로 읽는다고 그사람의 인생이 변화할까요? 자신의 목표와 관련된 책을 집중적으로 읽어야 사회 속에서 포지셔닝할수 있고 승자의 삶을 살수 있습니다. 사회적으로 쓸모도 많아져 부르는 데도 많아지고 말이죠. 자신을 연예인이라고 생각하세요. 21세기에는 모두 자신을 주인으로 하는 1인 기업가의 시대가 왔어요. 자신을 가장 가치있고 비싸게 파는 사람이 성공하는 사람이죠.

목표를 기록하면 이루어집니다. 수많은 사례가 그것을 증명하고 있어요. 자신의 목표를 기록하세요. 실업고 생에서 세계를 무대로 활동하여 꿈을 이룬 김수영 씨는 73가지 목표를 기록해 보았다고 해요. 그 목표를 이제 거의다 이루었다고 하죠. 여러분도 할수 있어요. 자신의 목표를 될수 있는데로 많이 기록해보세요. 그냥 상상하는데로 그대로 쓰세요. 그리고 그 목표를 이루기 위해 노력해 보세요. 마치 자석에 이끌린 듯 목표를 이룰수 있는 기회들이 끌려 올거에요.

세계적인 탐험가 존고다드 역시 100여개가 넘는 목표를 기록하고 그것을 거의 다 이루었어요. 목표를 적고 그것을 이루기 위해 노력하면 자신의 목표를 다 이룰수 있어요. 말도 안되는 것일지라도 말이에요.

인간은 하나의 씨앗이에요. 그 씨앗이 얼마나 자랄지는 아무도 몰라요. 하지만 그 씨앗에는 거대한 나무로 자랄수 있는 잠재력을 누구나 가지고 있어요. 그 잠재력을 믿는다면, 온마음으로 간절하게 자신을 백퍼센트 믿는 마음을 가진다면 그 사람은 어떤 꿈이라도 자신이 원하는 꿈을 이룰수 있어요. 제가 하고 싶은 말은 그것입니다. 여러분은 꿈을 가질수 있고, 그

꿈을 기록할수 있으며, 그 꿈을 이룰수 있다는 것이
죠."
강연장은 열정으로 가득찼고, 사람들은 스미스에게
아낌없는 박수를 보냈다. 사실 스미스 역시 비정규직
으로 초라한 신세였으나 이제는 회사의 중역이 되어
활약하고 있다. 그 과정이 쉽지 않았음은 분명하다.
하지만 그는 이루었고 그는 자신만의 회사를 갖겠다
는 큰 비전을 가지고 열심히 업무에 임하고 있다. 그
의 꿈은 아마도 머지 않아 이루어질 것 같다.

3. 더큰 꿈을 향해

비정규직이었던 스미스는 관리직이 되었고, 같이 독
서 토론을 했던 혜미와 거성 역시 팀장으로 승진하게
되었다. 그들은 회사에서 자신의 자리를 공고히 했고
성공의 길을 나가고 있다. 하지만 그들은 먼가가 부
족하고 가슴이 뻥 뚫린듯한 기분을 느꼈다. 원하던
성공이었지만 그것을 이룬 뒤에는 가슴속의 허망함을
채울 무엇인가가 필요했다.
혜미는 요즘 코인 노래방에 빠졌다. 자신만의 감정
에 취해 노래를 부르고 나면 먼가 기분이 좀 나아지
는 것 같았다. 하지만 그것도 잠시 뿐이었다. 자신이
어디로 가는지 몰랐고 자신의 목표가 무엇이었는지도
지금와선 헷갈린다. "아 나는 올바른 선택을 한것일

까"혜미는 홀로 고민했지만 주위 사람들도 마냥 행복하게 살고 있는 사람은 없는 것 같다.

거성 역시 요즘은 분식에 빠져 떡볶이를 먹는 재미로 살고 있다. 가슴속 허전함을 달래는 데에는 먹는 것만한 것은 없는 것 같다. 그로 인해 요즘 체중이 불어나 살이 쪘다는 소리를 들었지만 먹을 것을 줄이지는 못할 것 같다. 그런 와중에도 스미스는 여전히 싱긍벙글 즐겁게 회사생활을 하고 있었다.

이제는 멘토가 된 스미스에게 혜미와 거성이 찾아 왔다. 혜미가 물었다. " 어떻게 하면 당신처럼 행복하고 성공한 삶을 살수 있는 건가요?"

"제가 비법을 말해드리죠. 균형이 중요해요. 균형이라고요.거성이 말했다.나를 위한 삶과 타인을 위한 삶이 균형을 이루어야 해요. 나 자신만을 바라보며 살면 행복하지 않아요. 그렇다고 타인을 위해서만 살아도 행복하지 않아요. 그래서 균형이 중요한 거죠

 혜미씨와 거성씨는 회사를 위한 삶을 통해 성공을 거두었지만 정작 자신을 챙기지는 못한 것 아닌가요. 주어진 역할에만 충실하다보니 자신을 잃어 버린 것입니다. 자신을 위한 노력을 아끼지 마세요. 당신의 삶은 소중하니까 말이에요."

"좋은 말씀이에요. 혜미가 말했다. 그런데 그게 다인가요?"

"아니죠. 제가 할말은 아직 남아 있답니다. 그것은 더

큰 꿈을 꾸라는 것입니다. 그것은 나만이 아닌 타인
과 내가 행복하게 공존할수 있는 더 큰세계를 꿈꾸라
는 것입니다. 그러면 진정으로 행복할수 있어요.
 세계는 넓어요. 이제 세계를 무대로 활약하고 있는
여러분을 보고 싶습니다.
어떻게 하면 세계적인 인물이 될수 있나요?
거성이 물었다.
세계적으로 내세울만한 무언가가 있어야죠.
그게 무엇이든 말이에요.
그리고 외국어 실력은 이제 기본이에요
영어 말고도 스페인어, 러시아어, 중국어 등 제 3국
가에 대한 언어도 필수입니다.
틈틈이 익히려고 노력해보세요
반기문 사무총장도 점심시간을 이용해 프랑스 어를
익혔다고 해요
매일 점심 시간이 얼마나 될려나 하지만 시간을 모아
놓고 보니 시간이 많았던 거에요
그 프랑스어 실력으로 유엔 사무총장 역할도 무리 없
이 해냈다고 합니다."
"역시 배움이 필수군요. 혜미가 말했다."

4. 노력은 운명도 넘어 선다.

"벌써 독서 토론도 1년이 넘어 가는 군요. 그동안 여러분은 어떤 변화를 하셨는지요?" 스미스가 물었다.
이미 독서 모임에는 혜미와 거성 말고도 10여명의 인원이 더 늘어 있었다. 너무 인원이 많아 두팀으로 나눠야 할 지경에 이르렀다. 하지만 그들 중 모두 변화를 느낀 것은 아니었다.

제가 오늘 토론 하고 싶은 주제는 노력입니다. "노력은 운명도 넘어 선다." 이주제에 관해서 토론하고 싶군요.

스미스가 주제를 말하자 여러 사람들이 토론에 참여하였다.

"성공에 있어서 노력이 얼마나 중요한지는 알고 계시죠. 요즘들어 노력의 가치를 폄하하는 분위가 있어서 걱정입니다. 무엇보다 꿈을 꿔야 할 20대들이 현실에 묻혀 자신의 가치를 상실하는 분위기가 안타깝습니다."

"노력해도 넘을수 없는 벽이 있다는 것을 인지한 20대들의 현실적인 선택이 아닐까요?"

차팀장이 말했다.

"언제는 넘을수 있는 벽이 없었습니까. 그래도 성실하게 일한 산업 역군이 있어서 이나라가 발전한 것 아닙니까?"

"지금 4차 혁명을 맞이 하는시대에 산업 역군을 양성하는 식의 구태의연함 때문에 나라가 이모양인 것 아닙니까?"

"4차시대든 5차시대든 사람의 노력과 성실은 중요한 가치입니다. 그것은 꼭 돈을 많이 벌기 위함이 아니에요. 올바른 성품을 지니는 것은 어느 시대든지 가장중요한 가치입니다.

학교에 역할은 거기에 있는 거구요. 학교가 꼭 돈벌이를 위한 직업을 마련하는 일에만 관여해 야 합니까. 올바른 인성과 성품을 기르고 사회속에서 행복하게 살아갈수 있는 방법을 알려주는 것 그것이 학교의 역할 아닙니까?

물질적 만족은 행복을 보장하지 못합니다. 지금 굶어 죽는 사람이 있습니까. 하지만 다들 행복해 하지 않잖아요. 진정한 행복은 남과의 비교를 멈추고 자신의 삶에 만족할 때 찾아옵니다. 그런 정신적인 문화가 없기 때문에 우리나라가 행복하지 않은 것입니다.

 미친 듯한 노력을 해보았습니까. 절망하는 99퍼센트의 젊은이들이 미친듯한 노력을 해보지 않았어요. 진정으로 미쳐 보지 않았기에 미치면 어떤 벽이든 뛰어넘을수 있다는 사실을 몰라요.예전에는 그런 선배라도 있었는데 요즘에는 다들 의욕이 없다보니 미치는 젊은이들도 없구요. "

"누구나 태어날 때 팔자가 정해진게 아닐까요. 전 운명론쪽입니다. 자신의 운명을 벗어날수는 없어요."
차팀장이 답했다.
마케팅 부의 김팀장이 말했다.

"전 옛날 사람 한명을 말할 건데요. 그사람은 백곡 김득신입니다.

바보로 태어났으나 끝없는 독서를 통해 59세의 나이에 과거에 급제하고 조선 시대 최고의 시인으로 거듭난 사람입니다.

그런 사람앞에서 운명의 벽을 말할 자격이 있을 까요?

그런 사람앞에서 재능을 말할 가치가 있을까요? 조선 시대에 수많은 천재들이 있었는데 그들의 이름은 남아 있지 않는데 바보인 김득신은 사람들이 기억합니다. 이 사실은 노력이 재능을 넘어 설수 있다는 사실을 보여주는 징표가 아닐까요?

저는 여러분이 노력의 전사가 되어주길 바랍니다. 노력하고 또 노력하면 이루지 못할 것은 없습니다. 왜 노력을 하지 않고 포기합니까. 포기하면 쉽지만 결코 자신의 꿈을 이룰수는 없습니다.

분명 노력은 운명을 넘어섭니다. 많은 사람들이 그렇게 자신의 운명을 넘어 섰습니다. 우리에게는 이전의 사례들이 많이 있습니다. 이제 당신의 실천입니다. 당신은 운명을 넘어서기 위해 어떤 노력을 했나요?"

5. 감사는 운명을 바꾼다.

이전의 강의로 인기를 얻은 스미스는 사내 두 번째

강의를 맡았다. 이번 주제는 행복에 관한 것이었다. 사실 행복에 관한 주제는 이전부터 스미스의 머릿속에서 늘 생각했던 주제였다. 성공도 좋지만 행복하지 않는다면 그게 무슨 소용일 것인가. 성공 뒤 뚫려 버린 가슴만 휑하니 남아 있는 사람이 많지 않는가. 무엇이 내 가슴을 충만하게 하고 기쁨에 들뜨게 하는지에 대해 알려주고 싶었다.

마이크를 잡은 스미스가 말을 시작했다.

"우주는 넓어서 지구 말고도 생명체가 있을 곳이 많다고 합니다. 하지만 저는 오직 지구에만 생명체가 살고 있다고 믿어요. 사실 다른 곳에 생명체가 있다고 해서 그게 무슨 상관입니까. 인류가 있는 곳은 바로 지구이고 최소한 몇백년은 계속 지구에 살아야 할텐데 말입니까. 아름다운 지구별속에서 행복하게 살아갑시다. 그 방법 중의 하나는 감사입니다. 아인슈타인이 진정 천재였던 이유는 삶을 살아가는 방식을 잘 알고 있기 때문이었습니다. 아인슈타인은 늘 감사하는 삶을 살았죠. 아인슈타인은 하루에 수백번씩 감사를 외쳤다고 합니다. 그의 선조들의 과학연구에 감사한 것이죠. 결국 그는 세계적인 과학자가 되었습니다. 이것은 오프라 윈프리의 삶도 마찬가지입니다. 미혼모이자 마약 중독자로 비만에 시달렸던 오프라 윈프리의 삶이 역전된 것은 그녀가 읽은 책 덕분이기도 하지만 책만 가지고는 부족해요. 사실 주위에 책벌레들을 종종 보지만 그들이 꼭 성공하거나 행복하게 살고 있는 것은 아니잖아요. 저는 그게 궁금했어요. 똑같이 책을 보는데 왜 어떤 사람은 성공하고 어떤 사람은 그저 그런 삶을 살아가고 있는지 하는가에 대해서요. 그래서 책을 읽고 연구하고 조사한 결과 제가 밝혀낸 것은 성공하는 사람들에게는 감사하는 습관이 있었다는 것입니다. 오프라 윈프리를 비롯해 성공한 사람들은 마음속 깊이 타인에게 감사하는 습관을 지녔습니다. 이 습관이 그녀를 부자로 성공한 사람으로 행복한 사람으로 만든 것이죠.

우리가 지구에 태어난 것 자체가 감사한 일입니다. 우리는 모든 것을 공짜로 얻었어요. 명상이 무엇입니까. 숨쉬는 것 만으로도 감사함을 느끼는게 명상 아닙니까. 그래서 명상을 하면 내면이 정화되고 행복감을 느끼게 되는 것입니다.

오늘부터 노트를 마련하세요. 그리고 하루에 감사한 일을 5가지에서 10가지 적으세요. 그리고 그것을 깊이 묵상하세요. 저는 감사일기를 3년째 적고 있습니다. 감사한 척 했더니 정말 감사한 날들이 이어지더라고요. 이래서 실천이 무서운 것입니다."

6. 변화는 두려운게 아니다.

스미스의 사내강의의 반응은 좋았다. 이게 널리 퍼져

가면서 대기업에서도 강의 요청이 들어오기 시작했다. 이번에는 s사에서 강의를 요청하였다. 강의주제는 변화에 관한 것이었다. 기업의 세계에서 변화에 얼마나 빠르게 대처하여 움직이느냐는 기업의 사생을 가르는 결정적인 요소이다. 변화에 늦든다면 그 기업은 사라지고 만다. 스마트폰시대를 읽지못한 노키아나, 디지털 카메라의 수요를 예측못한 코닥과 같은 기업들은 변화에 따라가지 못해 직격탄을 맞았다. 이를 방지하기 위해 기업은 변화에 온 신경의 촉각을 세우고 있는 형편이다.

스미스는 변화하기 위해 가장 중요한 것은 개인의 마음가짐이라고 보았다. 개인의 마음을 변화시키지 못한 변화는 완전한 변화가 아니라는 것었다. 그렇다면 어떻게 개인의 마음을 변화 시킬수 있을까. 그의 강연을 들어보자.

"안녕하세요.변화강연을 맡은 스미스입니다. 변화에 있어서 가장 중요한 것은 변화를 두려워 하지 않는 것입니다. 변화는 두려워할 대상이 아니라 인생을 바꿀 기회라고 생각해야 합니다. 세상의 갑부들은 모두 세상의 판이 바뀔 때 그 기회를 잡아서 부자가 된 사람들입니다. 아이엠에프의 위기를 겪고 나서 부자가 더 부자가 되듯이 위기의 기회를 잘 넘기고 변화에 적응하면 이전보다 훨씬 더 성공할수 있는 것입니다. 많은 사람들이 변화를 두려워 합니다. 기존의 가진 것들 때문입니다. 하지만 고여 있는 물이 썩기 마련이라고 변화 없이 지속되는 것은 없습니다. 그래서 자신의 가진 것을 내려놓고 과감히 변화의 물결을 타는 결단이 필요합니다.

삼성이 변화를 선택하지 않고 양조업만 하고 있었다면 오늘날의 삼성이 있었을까요?아닐 겁니다. 이처럼 변화라는 결단은 ceo라면 당연히 내려야 하는 당연한 결단입니다.

오늘날 ceo가 될 여러분들에게 가장 필요한 것은 단연 결단을 내리는 능력이라고 봅니다.

사람들은 변화를 두려워 하는 것 같지만 사실 변화를 좋아해요. 초등학생을 생각해 봅시다. 제 친구중에 초등학교 교사가 있어요. 그 친구의 반은 매달마다 자리를 바꿉니다. 자리를 바꾸는 것은 변화지만 아무도 그 변화를 두려워 하지 않아요. 변화가 없으면 지겨워 합니다. 변화하기를 바라는 것이지요. 우리는 어릴 때부터 이렇게 변화를 두려워 하지 않았어요. 새로워서 즐겁다고 생각했죠. 이 어린 시절때의 마음을 가져 보아요. 지겨운 일이 조금은 변하겠구나, 지긋지긋한 일상에 변화가 오겠구나라고 생각해보세요. 변화가 환영할 일이 될 거에요."

7. 어린이들의 교실

새로운 개미와 베짱이의 이야기를 잭에게 들은 미첼은 당장 수업에 개미와 베짱이 이야기를 들려 주어야겠다고 다짐했다. 우리는 4차 혁명의 시대를 맞이하고 있어.이제 기존의 관념을 뒤집는 사고와 이야기가 필요해. 그리고 이 개미와 베짱이 이야기는 아이들의 사고를 바꾸어 주는데 도움이 될거야.

미첼은 자신의 반으로 돌아가 아이들에게 이야기를 들려주었다. 처음 들려준 것은 기존의 이야기였다.

미첼은 아이들에게 의견을 물었다.

너희들은 개미에 대해 어떻게 생각하니?

"개미의 성실함을 본받아야 할 것 같아요." 미영이가 말했다.

"그렇다면 베짱이는 어때?"

"베짱이는 노래만 부르면서 놀았어요. 결국 개미에게 신세를 졌으니 베짱이가 잘못한 것 같아요."

그렇다면 새로운 개미와 베짱이 이야기를 들려주마

미첼은 아이들에게 새로운 개미와 베짱이 이야기를 들려주었다.

"개미는 어떤 것 같니?"

"고지식 한 것 같아요."

"베짱이의 삶은 어떤가요?"

"진정한 성공자 같습니다."

베짱이에 대한 토론은 한시간동안 이어졌다. 아이들은 저마다 자신만의 의견을 내놓았다. 분명한 것은 새로운 시대에는 새로운 이야기가 필요하다는 것이다. 아이들은 새로운 베짱이 이야기를 좀더 좋아하였다.

찬호는 학교를 마치고 집으로 돌아왔다. 개미와 베짱이 이야기가 머릿속을 맴돌았다. 내가 진정으로 즐길 수 있는 것은 무엇일까. 찬호는 공부에 빠져 보기로 하였다. 내가 잘할수 있는 것은 공부 뿐이야. 이왕이면 최고가 되고 싶어. 이제까지 찬호는 1등을 하겠다는 생각은 한번도 해보지 못했다. 그저 남들만큼만 공부하고 적당히 잘하고 싶었다. 결과 역시 적당히 잘하게 나왔다. 하지만 베짱이가 1등을 추구하는 것처럼 자신도 1등이 한번 되어보고 싶었다. 현대 사회에서 살아남는 길은 1등이 되는 것 밖에 없어 보였기 때문이다.

찬호의 엄마는 찬호의 변화에 놀랐다. 이제까지 승부욕도 경쟁심도 없었던 아이의 눈빛이 달라졌기 때문이다. 기회를 놓치지 않겠다는 찬호의 자세는 시험성적으로 나타났다. 그 뒤로 찬호는 1등을 달렸고 중학교에 가서도 우등생으로 손꼽혔다.

미첼의 짧은 이야기는 찬호의 마음에 변화를 가져왔다. 세상에 패배자는 없다는 것, 누구나 베짱이처럼 자신의 일을 즐길 때 사회적으로 성공하여 행복하게 살수 있다는 믿음이 학생들에게 퍼져 나갔다.

사실 미첼이 바라고 있는 것이기도 했다. 미첼은 작

가이기도 했기에 이 베짱이와 개미 이야기를 써보기로 하였다. 글을 쓰기란 쉽지 않았다. 하지만 장님이 길을 찾듯이 그렇게 하나 하나 찾아가면서 글을 완성하였다. 그 글은 한 출판사를 통해서 출판 되었고 많은 사람들이 개미와 베짱이 이야기를 알게 되었다. 그리고 그들의 마음의 변화를 통해 삶이 변화하였다. 공자는 말했다. 천재는 노력하는 사람을 이길수 없고, 노력하는 사람은 즐기는 사람을 이길수 없다. 이말은 오래전에 한 말이지만 지금까지도 강력한 영향을 미치는 명언 구절이다. 개미는 노력하는 자였지만 베짱이는 진정 인생을 즐기는 자였다. 그래서 개미는 베짱이를 이길수 없었던 것이다.

 한여름을 즐긴 베짱이가 인생을 더 잘살게 되는 것, 그것은 꿈에서만 나오는 이야기가 아니다. 21세기가 된 현실 세계에서 종종 발생하는 일이다. 사람들의 고정관념은 이제 부서졌다. 열심히 노동해서 그것을 저축한다는 20세기적 믿음은 이제 더 이상 통하지 않는다. 그렇다고 인생을 마냥 즐기라는 것이 아니다. 그 길은 빚을 지고 더 망하는 길이다. 즐긴다는 것은 자신의 전문 분야를 파고들어 미칠듯한 노력을 통해 그 분야의 일인자가 된다는 이야기이다. 그래서 서태지는 문화 대통령이 되었고, 싸이는 세계적인 스타가 되었다. 그들은 자신의 분야의 일을 즐겼다. 그리고 엄청난 성과를 거두었다. 미첼은 이사실을 알았기에 아이들에게 그리고 독자들에게 그 사실을 전하고 싶었다.

성호는 반에서 있는 듯 없는 듯 사는 아이이다. 하지만 베짱이 이야기를 듣고나서 자신도 무언가 반을 위해서 공헌하고 싶다는 마음을 가지게 되었다. 성호의 반에서의 역할은 우유배달이었다. 성호는 우유배달하기가 싫었다. 왜 자신이 그 역할에 뽑혔는지 화가날 지경이었다. 글리고 매일 어쩔수 없이 우유배달을 하였다. 하지만 개미와 베짱이이야기를 듣고 나서 우유배달을 즐기기로 마음먹었다. 이왕 하는 것이라면 최고의 우유 배달부가 되겠어. 어린 성호의 마음에도 변화가 생겼다.

다림이는 공부에는 관심이 없는 아이이다. 하지만 축구선수는 꿰뚫고 있다. 다림이는 축구선수가 되는 것이 꿈이다. 하지만 그렇게 축구를 잘하지는 못했다. 단지 축구에대해 이야기하고 보는 것을 좋아하였다. 그리고 세계적인 선수 호날두와 메시를 좋아하였다. 다림이는 개미와 베짱이이야기를 듣고 자신도 축구라는 한 영역에 모든 것을 바쳐야겠다고 마음먹었다. 다림이는 그날로 축구에 미쳤다. 학교가 끝나면 운동장으로 달려가 축구를 온종일 하였다. 아무리 많이 달리고 뛰어도 지치지 않았다. 다림이는 세계적인 축구선수가 되겠다는 다짐을 했다. 그러기 위해서는 한국 최고의 선수가 되어야 했다. 다림이는 축구부가 있는 학교로 전학가게 되었다. 다림이의 앞길이 어떻게 될지는 모르겠다. 하지만 무언가에 한번 미쳐보았다는 것 그 경험은 중요하다. 비록 그 영역에서 실패할수도 있지만 한번 도전해 봤다는 것, 자체가 경험이다. 한번 도전해 본 사람은 두 번, 세 번 도전할수 있다. 강인한 정신이 길러지는 것이다.

미쳴은 아이들에게 그것을 당부하였다. 21세기는 어떻게 변할지는 모르지만, 굳고 당찬 사람은 앞으로도 잘 살것이라는 것을 말해주고 싶었다.

어느새 졸업식이 다가왔다. 아이들은 6학년을 마치고 중학교로 진학하겠지만, 베짱이처럼 인생을 즐기겠다는 마음을 잊지 않았다. 그들은 앞으로 학업에 더 시달리겠지만 학업조차도 즐기겠다는 마음을 가진자가 진정 승리자가 될수 있다는 사실을 이미 알았다. 이제 남은 것은 그들의 실천일 것이다. 졸업식 얼마전에는 수능이 실시 되었다. 아이들을 억압하는 수능 시험이지만, 어떤 사람은 승자가 되고 어떤 사람은 패자가 된다. 아이들의 일차 승부라고 할수 있는 수능에서 좋은 성적을 거두기 위해서는 끈질김과 즐기는 공부마인드가 필요하다. 미쳴의 반 아이들은 앞으로도 잘해낼 것이다. 그들이 어떤 분야의 어느 곳에 가서도 성공하기를 바라며 미쳴은 조용히 기도했다.

8. 대학생 호민이의 이야기

대학생 호민이는 알아주는 독서 광이다. 하지만 독서에 빠지다 보니 학업에는 소홀히 하는 것이 그의 단점이었다. 그는 낮은 학점을 받았고 이는 그의 미래에 빨간불이 들어오는 것이나 마찬가지였다. 호민이는 서점에 가서 '개미와 베짱이'라는 책을 발견하게 되었다. 이거 초등학생이나 보는 것 아냐. 라고 생각하고 책을 들춰보던 호민이는 지금까지와는 다른 개미와 베짱이 이야기라는 것을 알았다. 저자 미첼. 초등학생 교사로 사람들의 변화와 성공을 위한 글을 쓰고 있다. 프로필을 살펴보고 호민이는 그 책을 사서 집으로 들고 왔다 .그리고 처음부터 차근차근 그 책을 읽어나가기 시작했다.

이야기를 다 읽고 나서 호민이는 깊은 감동에 빠졌다. 개미와 베짱이를 이런 식으로 바라볼수도 있구나. 이제 새로운 시대에는 새로운 베짱이 이야기가 필요하겠구나를 느꼈다. 인생을 즐길줄 아는 사람이 승자가 될 것이라는 저자의 주장은 호민이의 마음에 깊이 파고 들었다.

호민이는 싸이를 떠올렸다. '진정 즐길줄 아는 여러분이 이나라의 챔피언입니다'라는 싸이의 챔피언의 노래가사가 떠올랐다.

그래 우리에게 필요한 것은 인생을 즐길줄 아는 마음가짐이야.

호민이는 노력하는 사람이었다. 하지만 아무리 노력해도 한계가 있었다. 나의 노력이 잘못된 것일까. 더 노력해야 하는 것일까. 하다가 문득 호민이는 지난 겨울에 올림픽을 봤던 생각이 났다. 스노우 보딩 경기였다. 한 마리의 새처럼 날아오르는 스노우 보더들이 모습이 떠올랐다. 그중에 스노우 보딩을 가장 즐기는 한 청소년이 금메달을 땄다. 그 아이는 경기라고 생각하지 않고 그 경기를 그냥 즐겼다. 마치 평소에 스노우 보딩을 타는 것처럼 말이다. 하지만 그것은 금메달이라는 결과를 가져왔다.

　나역시 즐길 줄 안다면 내 인생이 달라지지 않을까. 호민이는 삶을 즐기기로 했다. 참고 참고 인내하고 노력하는 것은 구 시대의 발상이다. 이제 자신의 분야에서 온 힘을 다해 즐기는 사람만이 성공하는 시대가 왔다.

이 사실을 알았기에 호민이는 다시 학교에도 열심히 다니기 시작했다. 수업도 빠지지 않고 과제도 열심히 했다. 자신에게 부과되는 모든 임무들을 묵묵히 하기로 했다. 그리고 한해가 지나고 호민이는 군대로 떠났다. 군대 생활은 쉽지 않았다. 하지만 호민이는 군대 생활 역시 즐기기로 했다. 자신의 임무에 충실하고, 그 일을 즐겁게 하려고 했다. 그결과 군대 생활은 순식간에 지나갔고, 군대를 다녀온뒤 , 학교를 졸업한 후 좋은 기업에 취업할수 있었다.

이제 호민이의 꿈은 ceo이다. 그의 삶이 앞으로 어떻게 펼쳐 질지는 모르지만, 그가 베짱이처럼 승리할 것이라는 것은 분명하다. 호민이는 개미의 삶이 아닌 베짱이의 삶을 선택했기 때문이다.

9. 패션 디자이너 최의 아내 수진의 이야기

패션 디자이너 최는 동창회를 다녀온뒤 아내 수진에게 개미와 베짱이 이야기를 들려 주었다 그리고 자신이 토론한 내용까지 알려 주었다. 수진은 그 이야기를 듣고 곰곰이 생각했다. 사실 수진은 알파 걸이었다. 학교생활을 잘했고 직장에서도 승승장구 했다. 그러던 것이 출산후 휴직을 하면서부터 자신의 원래 궤도를 이탈하기 시작했다. 휴직한 직장에는 다시 돌아가지 못했고 이제는 집에서 두아이를 키우면서 살림을 하는 처지가 되었다.
"사는게 쉽지 않아. 나는 한여름에 땀을 뻘뻘흘리면서 일만하는 개미가 아닐까. "
세상의 사람들은 두부류로 나뉜다. 개미와 같은 사람과 베짱이와 같은 사람으로 말이다. 베짱이는 자신의 일을 즐기면서 부를 이루고 행복하게 산다. 하지만 개미는 남이 시키는 일을 억지로 하면서 목숨만을 부지할 뿐이다. 그들은 저축한 돈을 가지고 겨울이라는 노년기를 버틸 궁리만 하고 있다. 그래서야 어떻게 인간의 삶이겠는가. 인간의 삶이란 젊을때나 나이들었을때나 가치있는 것이어야 되지 않겠는가.

수진은 개미와 베짱이이야기를 듣고 자신의 삶을 반성했다. 나역시 개미의 삶은 살지 않겠어. 베짱이의 삶으로 나아가자. 수진은 마음속으로 다짐했다. 하지만 이야기를 듣는 것만으로는 어떤 일도 일어나지 않았다. 수진은 어느날 더 이상은 참지 못하겠다고 선언하고 자신을 변화시키기 위해 행동하기 시작했다.

수진은 대학에서 영어를 전공했다. 좋은 회사에 취직할수 있었던 까닭도 영어 실력이 우수했기 때문이다. 이제 다시 회사로 돌아갈수도 없고 남은 길은 내 스스로 길을 발견하는 수밖에 없겠군. 수진은 중고교생을 위한 영어 과외를 하면서 남은 시간에는 번역일까지 맡아서 했다. 자신의 삶을 그냥 내팽개치고 싶지 않았다. 자신도 가치로운 존재로 사회속에서 활동하고 있다는 사실을 알리고 싶었다. 주부들 중에는 우울증을 겪는 사람들이 많다. 모두 자신의 가치를 인정받지 못하고 있기 때문이다. 아이들과 남편만 챙기다 보면 어느새 자신의 삶은 사라져버리고 없는 것이다. 이들에게 필요한 것은 자신만의 삶이다. 자신의 삶에 충실할 때 오히려 가정도 화목할수 있다는 것이 진리이다.

수진은 영어 스터디 모임을 조직했다. 영어를 같이 공부할 사람들은 모은 것이었다. 영어 과외나 번역일은 영어실력을 키우는데도 많은 도움을 주었다. 수진은 이제 영어 교육분야에서 1인자가 되기로 마음먹었다. 그동안 모은 돈으로 회사도 설립하기로 했다. 자신이 이제 자신의 이름을 건 브랜드가 되어 한 회사의 ceo가 되기로 마음먹은 것이다. 이과정은 쉽지만은 않았다. 하지만 수진은 할수 있다고 믿었고 성공할수 있다고 믿었다. 그동안 쌓인 많은 내공을 통해서 영어 교육의 핵심 노하우를 배울수 있었다. 그녀의 회사는 처음에는 그녀 혼자 시작했지만 어느새 직원이 30명까지 늘어 있었다. 그의 회사의 교육 프로그램에 가입한 사람도 처음에는 한자리 숫자였지만 어느새 3000명이 넘는 사람들이 그녀의 프로그램을 활용하고 있었다.

수진은 이제 진정한 ceo가 되었다. 남편이 벌어둔 돈을 가지고 집에서 살림만 하던 수진이 당차게 다시 자신의 인생을 시작한 것은 죽어도 개미처럼 살기 싫다는 것과, 베짱이처럼 인생을 즐기면서 성공하겠다는 다짐이 있었기 때문이었다. 앞으로 수진의 인생이 어떻게 될지는 모른다. 하지만 수진은 지금까지 잘해왔던 것처럼 앞으로도 잘해낼 것이다. 만일 운명이 그녀를 다시 내친다할지라도 그녀는 다시 일어서서 웃으면서 앞을 향해 달려 나갈 것이다.

10. 공무원 시험 준비인 박아영

스미스에게는 사촌 동생이 있다. 사촌 동생의 이름은 박아영이다. 박아영은 대학에 휴학을 한 23세의 여대생이다. 그의 꿈은 공무원이 되는 것이다. 내심 7급까지바랬지만 9급이라도 좋다는 생각이다. 사회가 어려워 지면서 오래도록 월급을 탈수 있는 공무원 시험이 끌린 것이다. 물론 공무원 시험의 경쟁률은 어마어마 하다. 사람들 생각이 다 거기서 거기인지라 남들이 좋다고 생각하는 것에는 나도 좋은 것이다. 공무원의 수입은 대기업의 평생 수입보다도 더 많다는 계산 결과가 나온 뒤로는 더욱 인기가 높아 졌다. 안정적이고 잘릴 위험없이 정년 퇴직할때까지 할수 있는 것은 공무원 밖에 없어 보인다. 물론 박봉과, 민원의 고통이 있기는 하지만 말이다.

박아영은 올해로 3번째 시험이지만 번번히 떨어 졌다. 이를 본 스미스는 박아영에게 조언을 하고자 했다. 너 하루에 몇시간 공부하니 ? 한 9시간쯤이요. 그중에서 집중하는 시간이 얼마야? 5~6시간은 되는 듯 해요. 무리해서 잠을 줄일 것은 없어 집중하는 시간을 늘려야 하거든. 친구들은 자주 만나니, 어쩌다가 한번씩 만나 술한잔 하곤 해요. 친구들과의 만남도 줄여. 공부할때는 오로지 공부에만 집중해야 돼. 혹시 알바하고 있는 것 있니? 주말에 식당에서 아르바이트를 하고 있어요. 그것도 그만 둬. 공부할때는 공부에만 집중해야돼. 집에 신세 한번 더 지는게 나아. 그게 집안을 돕는 길이야. 네가 빨리 자리를 잡아야 부모님도 안심할 것 아냐.

그리고 공부가 안되면 커피를 마셔봐. 담배처럼 몸에 해롭지 않으면서도 집중력을 높여주니까 말이야.

너 독서 좋아하니? 별로 좋아하지 않는데요. 공부의 기본은 독서야. 독서를 잘하는 사람이 시험도 잘봐. 내가 시험을 잘볼수 있었던 이유는 독서를 통해 공부의 기본이 되어 있었기 때문이야. 공부하다 지치면 독서로 스트레스를 풀라구.

인터넷 강의도 적절히 이용하면 학습의 효율을 높여줄거야. 꼭 노량진으로 가지 않아도 돼.요즘은 의지력만 있으면 인터넷 강의가 훨씬 저렴하고 효율적이니까 말이야. 괜히 분위기 잡는다고 노량진으로 가지마. 거기서 헤매고 있는 사람이 더 많으니까.

그리고 내가 합격할수 있는 비법을 알려주지

매일 아침 공부를 시작하기전에 합격할수 있다를 10번씩 외치고 공부를 시작해. 그러면 반드시 합격할수 있을 거야. 이건 무의식적 잠재력을 끌어내기 위함이야. 너의 공부에도 많은 도움이 될거야.

넌 일단 산을 넘어야해. 그래야 앞으로 강을 만날지 바다를 만날지 네 인생에 펼쳐지겠지. 지금 산을 넘지 못하면 내 인생의 진보는 없어. 배수진을 쳤다는 마음으로 이번해를 마지막으로 공부를 끝나겠다는 각오를 하고 시험을 봐. 시험에 계속 떨어지면 고통이 더 커질 뿐이니까 말이야.

박아영은 스미스의 조언 이후 공부에만 몰두했고, 운 좋게도 다음해 소수점 차이로 9급시험에 붙을수 있었다.

개미와 베짱이 그 이야기를 마치며.

현실을 살아가기란 쉬운 일이 아니다. 우린 때론 운명에 자신을 맡긴채 세상을 살아가기도 한다. 때론 그게 쉬운 길일 지도 모른다. 그리고 세상은 너무도 강대해서 우리가 쉽게 이길수 있는 존재도 아니다. 세상속에서 목숨 부지하기 일수이고 자신의 뜻을 펼치는 것은 극소수의 사람들이다. 하지만 분명한 것은 자신의 꿈만큼은 잊지 않았으면 한다. 세상살이가 아무리 힘들어도 자신의 꿈을 기억하는 사람은 살아갈 동력을 얻을수 있을 것이다. 자신의 꿈이 있는자는 아무리 힘들어도 자신의 꿈을 향해 전진하게 된다. 모두들 자신의 꿈을 이루었으면 한다.

꿈은 어린아이만 가질수 있는 것이 아니다. 다른 어른이라도 한직장에 몇십년 근무해서 꿈이 희미해져 가는 어떤 직장인이라도 다시금 품을 수 있는 것이 꿈이다. 이미 꿈을 이룬자라면 새로운 꿈을 향해 전진하겠지만 아직 꿈을 품지 않은 사람이라면 다시금 꿈을 품기를 바란다. 이책 역시 나의 꿈을 향한 한 걸음이다. 작가가 꿈이었기에 포기하지 않았던 사람의 작은 기록으로 생각해 주었으면 한다.